Carlotta
Internat auf Probe

Band 1: Carlotta – Internat auf Probe
Band 2: Carlotta – Internat und plötzlich Freundinnen
Band 3: Carlotta – Film ab im Internat!

MIX
Papier aus verantwortungsvollen Quellen
FSC® C014496

9 10 11 14 13 12

Umschlagillustration und Vorsatz: Edda Skibbe
Typografie Umschlag und Kapitelüberschriften: Gerhard Schröder
Lektorat: Susanne Schürmann
Herstellung: Nicole Boehringer
Lithografie: Margit Dittes Media, Hamburg
Satz: Dörlemann Satz, Lemförde
Druck und Bindung: GGP Media, Pößneck
ISBN 978-3-551-65091-7
Printed in Germany

Alle Bücher im Internet: www.carlsen.de

Dagmar Hoßfeld

Carlotta

Internat auf Probe

CARLSEN

Zwillinge zu vermieten

„Mäuschen!“

Carlottas Augenbrauen berühren sich fast, so sehr zieht sie sie zusammen. Warum muss Mama sie eigentlich immer Mäuschen nennen, wenn sie etwas von ihr will? Als wäre sie noch ein Baby.

Seit drei Wochen und vier Tagen ist Carlotta zehn. Und mit zehn ist man kein Baby mehr.

Schlimmer als Mäuschen ist nur noch die Steigerung, denkt Carlotta grimmig.

„Achtung, gleich kommt's!“, murmelt sie.

Sie fängt an zu zählen und kommt genau bis zweieinhalb, als Mama schon „Carlotta-Mäuschen!“ durch den Flur ruft.

Carlotta drückt ihr Gesicht in ihr Lieblingskuschelkissen und stöhnt. Das Kissen ist knallgrün und mit vielen kleinen Marienkäfern bestickt. Es sieht aus wie ein Stück von einer Sommerwiese. Ein bisschen duftet es auch so. Wie ein Kaninchen kräuselt Carlotta die Nase und lupft einen Kissenzipfel.

„Was ist denn?", ruft sie zurück.

„Hallo, Mäuschen." Ihre Mutter kommt ins Zimmer und setzt sich zu ihr auf die Bettkante. Carlotta kann spüren, wie die Matratze nachgibt. „Draußen scheint die Sonne, und du liegst den ganzen Tag hier herum und faulenzt."

Carlotta nimmt das Kissen vom Gesicht.

„Ich faulenze überhaupt nicht", protestiert sie. „Ich lese."

Jedenfalls hab ich gelesen, bis du mich gestört hast, will sie noch hinzufügen, aber sie schluckt es hinunter.

„Hast du vielleicht Lust, mit den Zwillingen in den Park zu gehen?", fragt Mama. „Ihr Mittagsschlaf ist gleich zu Ende, und ich muss kurz in die Stadt, um mein Kostüm aus der Reinigung zu holen." Sie nimmt Carlotta das Buch aus der Hand, blättert darin und verzieht den Mund, als hätte sie in eine Zitrone gebissen. „So etwas liest du? Eine Vampirgeschichte?"

Carlotta wirft ihr Sommerwiesenkissen zur Seite, schnappt ihrer Mutter das Buch weg und lässt es blitzschnell unter der Bettdecke verschwinden. Sie liebt Vampirgeschichten. Fehlt noch, dass Mama das Buch beschlagnahmt!

„Warum denn nicht?“, fragt sie harmlos. „Es ist total spannend. Papa hat’s mir geschenkt.“

„Ach“, seufzt Mama und steht auf. „Das hätte ich mir ja denken können. Sei bitte in zehn Minuten unten. Ich ziehe die Zwillinge inzwischen an.“

Carlotta rollt mit den Augen und unterdrückt einen Fluch. Das Buch ist so spannend, dass sie unmöglich mittendrin aufhören kann. Ausgeschlossen! Aber Protest ist zwecklos, das weiß sie genau. Die Zwillinge gehen vor.

„Immer gehen die vor“, knurrt sie, als Mama die Treppe hinuntergeht und sie nicht mehr hören kann. „Echt gemein!“

Sie hatte sich so darauf gefreut, das Wochenende bei ihrer Mutter und deren neuer Familie zu verbringen. Seit ihre Eltern sich vor zwei Jahren getrennt haben, kommt das selten genug vor. Aber seit ihrer Ankunft ist sie nur Babysitter. Die Zwillinge hier, die Zwillinge da …

Carlotta schnaubt. „Was ich will, interessiert anscheinend niemanden!“

Wenig später stapft sie die ruhige Wohnstraße hinunter und schiebt den Zwillingsbuggy vor sich her. Der ist so breit und sperrig, dass sie Mühe hat, damit um die parkenden Autos herumzukurven. Als sie durch ein Schlagloch fährt, werden Lennart und Lorenz unsanft durchgeschüttelt und fangen sofort an zu greinen.

Tapfer versucht Carlotta, das anschwellende Wutgeheul zu ignorieren, aber das ist fast unmöglich, denn immerhin sind die Zwillinge zu zweit, und sie haben ausgeschlafen. Wenn sie wollen, können sie stundenlang ohne Pause brüllen, das weiß Carlotta aus leidvoller Erfahrung. Sie beugt sich vor und streichelt den beiden über die Köpfe.

„War doch nicht so schlimm, oder? Guckt mal, dahinten ist schon der Park!", sagt sie versöhnlich.

Lennart und Lorenz hören auf zu weinen, aber anscheinend nur, um nach Luft zu schnappen. Anschließend geht es in voller Lautstärke weiter – auch als Carlotta sie durch das breite Tor in den Park schiebt, am Spielplatz vorbei, am Ententeich entlang, bis zu einer freien Bank, die im Schatten steht. Dort angekommen wirft sie den Kleinen einen finsteren Blick zu, woraufhin die beiden noch ein bisschen lauter brüllen.

Und das alles ohne eine einzige Träne, wundert sie

sich und lässt sich auf die Bank fallen. Wie machen die das nur?

Während sie den Buggy mit einer Hand in leichte Schwingungen versetzt, schüttelt sie ihren Rucksack von der Schulter und angelt mit der anderen Hand ihr Buch heraus. Sie hatte es sich so schön vorgestellt, im Park zu sitzen und zu lesen, aber schon nach wenigen Minuten stellt sie fest, dass sie sich überhaupt nicht konzentrieren kann. Jedenfalls nicht, solange sie mit einer Hand die Buchseiten umblättern und mit der anderen gleichzeitig den Buggy schaukeln muss. Lennart und Lorenz machen ein Theater, als hätte sie jemand verhauen. Unmöglich!

Carlotta schaut auf, als zwei alte Damen vorbeigehen. Sie haben sich für ihren Parkbesuch extra fein angezogen, tragen duftige Seidenblusen und dezent gemusterte Faltenröcke.

Eigentlich sehen sie ganz niedlich aus, findet Carlotta, aber dann bleiben die beiden genau vor ihr stehen, mustern zuerst die Zwillinge, dann Carlotta und schütteln missbilligend die Köpfe.

Carlotta runzelt die Stirn und versucht ein möglichst gelangweiltes Gesicht zu machen. Dazu steckt sie ihre Nase ganz tief in das Buch und schuckelt den Buggy so lässig, als würde sie das Gebrüll der Zwillinge kein bisschen stören.

Langsam gehen die alten Damen weiter und tuscheln leise miteinander.

„Olle Schachteln", brummt Carlotta. Sie pustet sich eine Haarsträhne aus der Stirn und zischt ihren Brüdern zu: „Wenn ihr nicht endlich still seid, versteigere ich euch bei Ebay. Die Leute gucken schon. Ist ja peinlich!"

Lennart und Lorenz starren sie an und halten kurz inne. Eine knappe Millisekunde später probieren sie eine noch höhere Tonlage aus.

Genervt wirft Carlotta ihr Buch auf die Bank und hält sich die Ohren zu.

Es ist Sommer, die Sonne scheint, und während ihre Freundinnen das Wochenende zu Hause, im Freibad oder sonst wo verbringen und sich amüsieren, hockt sie zwischen enkellosen Omas in einem öden Park und spielt Kindermädchen für ihre Brüder. Dabei sind Lennart und Lorenz noch nicht mal ihre richtigen Brüder, sondern nur ihre Stiefbrüder. „Halbbrüder", wie Mama betont.

Brüder, Stiefbrüder, Halbbrüder – die Worte purzeln in ihrem Kopf durcheinander und bilden ein dickes Knäuel. Ganz langsam rutscht das Knäuel tiefer, schiebt sich in ihren Hals und bleibt dort stecken. Als Carlotta schluckt, plumpst es in ihren Magen, wo es wie ein Stein liegen bleibt.

Seit Mama und Papa sich getrennt haben, hat Carlotta ziemlich oft so einen Stein im Magen. Überhaupt ist alles ganz schön kompliziert, findet sie, besonders seit Mama sich einen neuen Mann zugelegt und kurz darauf die Zwillinge bekommen hat.

Manchmal weiß Carlotta gar nicht mehr, wo sie eigentlich hingehört: zu Mama oder zu Papa. Klar, sie lebt bei Papa, und Mama hat eine neue Familie, aber trotzdem …

Sie seufzt. Vorher, als sie und Mama und Papa noch eine richtige Familie waren und zusammengelebt haben, war alles viel schöner. Und einfacher.

Sie schluckt noch einmal und nimmt die Hände von den Ohren. Die Zwillinge haben aufgehört zu brüllen.

„Möchtet ihr einen Keks? Oder was zu trinken?"

„Teks", schnieft Lorenz.

„Baft." Lennart streckt ihr eine verschwitzte Pfote entgegen.

„Okay." Carlotta wühlt in ihrem Rucksack, um das Gewünschte ans Tageslicht zu befördern. Lorenz bekommt einen Butterkeks in die Hand, seinem Bruder reicht sie das Fläschchen. „Wenn ihr nicht gerade brüllt, seid ihr eigentlich ganz süß“, bemerkt sie lächelnd.

Lennart gluckst leise und lässt vier kleine Schneidezähne aufblitzen. Lorenz zerkrümelt konzentriert seinen Keks.

„Wollen wir noch eine Runde drehen und dann wieder nach Hause? Mama ist bestimmt schon aus der Stadt zurück.“ Carlotta verspürt keine Lust, ihrer Mutter erklären zu müssen, woher die Kleinen ihre verschwitzten Haare und die hektischen roten Flecken auf den Wangen haben. Günstiger wäre es, mit zwei gut gelaunten Babys zurückzukehren. Eine zusätzliche Entspannungsrunde durch den Park könnte also nicht schaden. Sie stopft ihr Buch in den Rucksack zurück, gibt Lorenz noch einen Keks zum Zerkrümeln und schiebt den Buggy an den alten Damen vorbei.

„Was für süße Babys“, flötet die eine. „Sind das deine kleinen Brüder?“

„Nicht direkt.“ Carlotta schenkt der Dame ein zuckersüßes Lächeln. „Aber man kann sie mieten, stundenweise. Sind auch gar nicht teuer. Wir stehen im Telefonbuch unter Prinz-Mohr. Schönen guten Tag noch.“

Die Frauen starren ihr mit offenen Mündern sprachlos hinterher. Bevor sie noch etwas sagen können, schiebt

Carlotta den Buggy im Laufschritt um die nächste Ecke und prustet laut los.

Lennart und Lorenz gucken sie verdutzt an, dann quietschen sie fröhlich mit.

Ein paar Minuten später macht Carlottas Mutter ihnen die Haustür auf. „Na, hattet ihr es schön?", fragt sie.

Caren Prinz-Mohr, wie sie seit der Hochzeit mit Steffen Mohr, dem Vater der Zwillinge, heißt, trägt ein schickes graues Kostüm, hochhackige Schuhe und dunkelroten Lippenstift.

Sie sieht richtig elegant aus, findet Carlotta. Kein Wunder, schließlich arbeitet sie als Personalchefin in einer großen Bank. Da kann man nicht in Jeans und T-Shirt herumlaufen. Und selbst wenn, würde Mama es ganz sicher nicht tun. Sie liebt es, sich modisch zu kleiden – genau wie Steffen, der als Vermögensberater in derselben Bank arbeitet.

„Hast du noch was vor?" Carlotta schiebt den Buggy ins Haus, hievt die Zwillinge heraus und setzt sie in ihrem Spielzimmer auf den Boden. Aus dem Badezimmer nebenan dringen merkwürdige Laute. Es hört sich ziemlich schräg an. Ungefähr so, als würde ein Nilpferd unter einem rauschenden Wasserfall für ein Musical üben.

„Du weißt doch, dass Steffen und ich heute eingeladen sind." Ihre Mutter stöckelt durch den Flur, während sie versucht, einen perlenbesetzten Ohrhänger am linken Ohrläppchen zu befestigen.

Carlotta zieht eine Schnute. Verflixt, das hat sie ganz vergessen! Das bedeutet ja, dass sie schon wieder Babysitter spielen muss! Hoffentlich gibt's im Fernsehen wenigstens einen anständigen Film.

„Eine Pizza für dich liegt im Tiefkühlfach. Deine Lieblingssorte", sagt Mama. – „Steffen?", ruft sie in Richtung Bad. „Bist du fertig?"

Die Badezimmertür geht auf. Ein Schwall dicker, warmer Wasserdampfwolken, vermischt mit dem Duft von teurem Rasierwasser, Duschgel und Deo hüllt den Flur augenblicklich in dichten Nebel. Inmitten der Duft- und Dampfwolke taucht das knallrote Gesicht des unmusikalischen Nilpferds auf.

„Hallo, Carlotta." Steffen Mohr nickt Carlotta zu und verschwindet im Schlafzimmer.

Der hellblaue Bademantel betont seinen kugelrunden Bauch ziemlich ungünstig, bemerkt Carlotta kichernd, und sie fragt sich zum ungefähr hundertmillionsten Mal, warum ihre Mama ihren Vater ausgerechnet gegen diesen kleinen rundlichen Typen eintauschen musste. „Wo die

Liebe hinfällt", hat Papa mal gesagt und traurig geguckt. „Da kann man nichts machen."

„Wechselst du den Kleinen bitte gleich die Windeln? Um sieben kannst du ihnen dann den Abendbrei geben." Mama schwebt an Carlotta vorbei, um Steffen zu sagen, welches Hemd er anziehen soll und welche Socken dazu passen. Er selbst ist anscheinend nicht in der Lage, sich zu entscheiden, wie Carlotta mit einem Grinsen registriert, bevor sie ins Spielzimmer geht.

Lorenz ist auf seiner weichen Kuscheldecke schon fast eingeschlafen. Lennart liegt neben ihm und knabbert an einem Beißring.

„Ihr könnt ja nichts dafür", raunt Carlotta ihnen zu, „dass euer Papa nicht so cool ist wie meiner."

Sie nimmt zwei frische Windeln aus dem Schrank, zieht Lorenz die kleine Jeans aus, in der er steckt, und runzelt die Stirn. Bestimmt ist die Mini-Jeans von irgendeinem angesagten Babyklamotten-Designer. Für Mama und Steffen kann's gar nicht edel genug sein.

Sie öffnet die Druckknöpfe an Lorenz' Babybody und befreit ihn von seiner vollen Windel. Mit einem feuchten Tuch aus einem Spender säubert sie seine Haut, streut ein bisschen Puder auf seinen runden Po und schiebt die neue Windel darunter. Ein Klebestreifen links, einer rechts,

Strampelhose drüber – fertig! Carlotta betrachtet zufrieden ihr Werk. Wenn sie in den letzten Tagen eins gelernt hat, dann das perfekte Wickeln. Als Babysitterin ist sie 1a!

Als beide Babys versorgt und in ihre Kuscheldecken eingemummelt sind, schnappt sie sich ihr Buch und setzt sich auf das kleine Sofa unter dem Fenster. Eigentlich ist es ziemlich gemütlich, stellt sie fest. Plötzlich freut sie sich darauf, den Abend allein mit ihren Brüdern zu verbringen.

Mama steckt ihren Kopf ins Zimmer und verabschiedet sich. Carlotta schaut kaum auf. „Tschüss, viel Spaß", sagt sie nur und liest weiter.

„Es wird nicht spät", verspricht Mama. „Du hast ja meine Handynummer, falls was ist." Sie wirft Carlotta eine Kusshand zu und zieht die Tür hinter sich zu.

„Endlich allein", brummt Carlotta und taucht in ihr Buch ab. Wenig später sind Lorenz und Lennart eingeschlafen. Im Zimmer ist es herrlich ruhig und dämmrig. Genau die richtige Atmosphäre, um mit düsteren Vampiren auf der Suche nach Beute um die Häuser zu flattern.

Als sie wieder aufschaut, ist es kurz vor sieben. Leise, um die Babys nicht zu wecken, schleicht Carlotta aus dem Kinderzimmer. Sie schiebt in der Küche die Pizza in den

Ofen und macht sich eine große Flasche Limo auf. Dann stellt sie den Milchtopf auf den Herd. Während sie aufpasst, dass die Milch nicht überkocht, wählt sie Papas Nummer.

„Carlotta!", ruft er fröhlich. „Ich hab gerade an dich gedacht! Geht's dir gut? Wann kommst du nach Hause?"

„Morgen Mittag um zwölf", sagt Carlotta. „Holst du mich vom Bahnhof ab?"

„Worauf du dich verlassen kannst!", antwortet ihr Vater. „Ich freu mich schon auf dich!"

„Und ich mich auf dich." Carlotta klemmt sich das Telefon zwischen Ohr und Schulter und zieht den Milchtopf vom Herd. Aus dem Kinderzimmer kommt leises Greinen. Die Zwillinge sind aufgewacht. „Ich muss Schluss machen, Papa. Bis morgen."

„Bis morgen, Carlotta."

Carlotta beendet das Gespräch und lächelt. Sie freut sich auf morgen. Papa hat total fröhlich geklungen. Schnell gießt sie die Milch in zwei Schälchen und rührt Bananenbreipulver hinein.

„Na dann", murmelt sie, während sie die Schälchen in Richtung Kinderzimmer balanciert. „Auf zur fröhlichen Raubtierfütterung!"

Davon, dass Mama und Steffen um kurz nach Mitternacht nach Hause kommen, bekommt Carlotta nichts mehr mit. Sie hat die Zwillinge nach dem Füttern in ihre Bettchen gelegt, ihnen etwas vorgelesen, die Spieluhr aufgezogen und anschließend die leckere Pizza verdrückt. Danach ist sie in ihren Schlafanzug geschlüpft und hat es sich auf dem Sofa in ihrem Zimmer gemütlich gemacht – mitsamt ihrer Bettdecke, dem Marienkäferkissen und der Limoflasche.

Im Fernsehen hat es nur blöde Volksmusiksendungen und alte Krimis gegeben; nichts, wofür Carlotta sich begeistern konnte. Lieber wollte sie in Ruhe ihr Buch zu Ende lesen. Ganz geschafft hat sie es allerdings nicht. Auf der vorletzten Seite sind ihr glatt die Augen zugefallen.

Mama nimmt ihr das Buch vorsichtig aus der Hand und legt es weg, bevor sie sich hinunterbeugt und Carlotta einen Kuss auf die Stirn gibt.

„Gute Nacht, Mäuschen“, flüstert sie. „Schlaf schön.“

„Nacht“, murmelt Carlotta. „Du auch.“ Im Schlaf dreht sie sich auf die andere Seite und träumt weiter davon, eine berühmte Vampirjägerin zu sein.

Ein Schock für Carlotta

Am nächsten Tag steht Papa pünktlich am Bahnsteig. Er breitet die Arme aus, als Carlotta aus dem Zug steigt. „Wie war dein Wochenende?“, fragt er, hebt sie hoch und dreht sich mit ihr einmal um die eigene Achse.

„Ganz okay“, schnauft Carlotta, als er sie wieder absetzt.

„Besser nicht?“ Papa mustert sie aufmerksam.

„Nö.“ Carlotta schüttelt den Kopf.

Papa nimmt ihr den Rucksack ab.

„Wir müssen uns ein bisschen beeilen“, drängelt er. „Das Auto steht im Halteverbot, und wir müssen auch noch irgendwo einkaufen. Zum Glück haben die Tankstellen auch sonntags auf. Unser Kühlschrank ist ziemlich leer.“

„Das ist er doch immer“, grinst Carlotta.

Papa hebt eine Augenbraue, dann lacht er. „Stimmt."

Im Laufschritt traben sie aus dem Bahnhof und biegen um ein paar Ecken.

Als sie am Auto ankommen, steht eine Politesse davor und tippt etwas in ein kleines schwarzes Gerät. Papa drückt Carlotta schnell den Rucksack in die Arme und zaubert ein unwiderstehliches Lächeln auf sein Gesicht.

„Gerade noch rechtzeitig, was?" Er strahlt die Politesse an und klimpert mit den Autoschlüsseln. Die Politesse schüttelt den Kopf.

„Das würde ich nicht gerade sagen", erwidert sie, ohne den Blick zu heben. „Sie stehen im absoluten Halteverbot." Energisch drückt sie auf eine Taste, worauf ihr Minicomputer einen Strafzettel ausspuckt. „Bitte sehr, einen schönen Tag noch." Sie überreicht Papa den Zettel, bevor sie sich dem nächsten Parksünder zuwendet.

Den Zettel in der Hand haltend, starrt Papa ihr sprachlos hinterher.

Carlotta zupft an seinem Ärmel. „Komm schon", raunt sie ihm zu. „Lass uns verschwinden, sonst kriegst du gleich noch einen."

„So was Blödes", schimpft Papa beim Einsteigen. „Nur wegen zehn Minuten!" Er knüllt den Zettel zusammen und wirft ihn achtlos ins Handschuhfach, wo, wie

Carlotta weiß, schon ein paar andere Strafzettel liegen. „Weißt du was? Wir pfeifen aufs Einkaufen! Lass uns lieber eine Pizza essen gehen."

„Au ja!" Carlotta ist sofort einverstanden. Pizza kann sie jeden Tag essen. Es ist ihr absolutes Lieblingsessen, am liebsten vegetarisch, mit Knoblauch, Spinat und viel Mozzarella.

Zum Glück ist es nicht weit bis zur nächsten Pizzeria, und ihr Vater findet sofort einen Parkplatz, direkt vor der Tür, ganz legal.

„Schön, dass du wieder da bist", sagt er, als sie nebeneinander den gemütlichen Raum betreten und sich nach einem freien Tisch umsehen. „Ich hab was Wichtiges mit dir zu besprechen."

„Was denn?", fragt Carlotta neugierig. Sie rutscht auf eine Bank am Fenster. Papa setzt sich ihr gegenüber auf einen Stuhl.

„Such dir erst mal was Leckeres aus", schlägt er vor und reicht ihr die Speisekarte. „Was möchtest du trinken?"

Carlotta bestellt sich eine Limo, ihr Vater eine Apfelschorle. Während sie auf das Essen warten, dreht er den kleinen Salzstreuer, der auf dem Tisch steht, hin und her und macht ein nachdenkliches Gesicht.

Carlotta kichert. „Bist du nervös?“, fragt sie.

„Ich? Nein, wieso?“ Papa zuckt zusammen. Er lässt den Salzstreuer los und legt beide Hände flach auf den Tisch.

„Du benimmst dich ziemlich komisch“, stellt Carlotta fest.

„Ertappt“, gibt Papa zu. „Aber ich bin nicht nervös, sondern höchstens aufgeregt.“

„Wieso?“ Carlotta runzelt die Stirn.

„Weil ich gestern den tollsten Auftrag meines Lebens bekommen habe!“ Papas Grinsen wird so breit, dass seine Mundwinkel fast die Ohrläppchen berühren. Als der Kellner ihm die Apfelschorle hinstellt, hebt er das Glas, zwinkert Carlotta zu und trinkt einen großen Schluck.

„Was? Worum geht's? Los, sag schon!“, drängelt Carlotta aufgeregt.

Ihr Vater arbeitet als Dokumentarfilmer fürs Fernsehen. Meistens dreht er Reportagen zu politischen Themen, die Carlotta nicht besonders interessieren, aber manchmal sind auch richtig spannende Sachen dabei. Tierfilme zum Beispiel, oder Reiseberichte, für die er ins Ausland muss. Früher haben Mama und Carlotta ihn manchmal begleitet, aber seit er allein erziehender Vater ist, hat er nur noch kleinere Filmprojekte übernommen, für die er nicht so lange unterwegs sein muss. Einen großen Teil seiner Arbeit kann er zu Hause erledigen, in seinem eigenen kleinen Studio unter dem Dach oder in einem Fernsehstudio in der Nähe.

Wenn ihn das neue Projekt so nervös macht, denkt Carlotta, dann muss es wirklich was Besonderes sein.

„Du weißt doch, dass ich schon lange an einem Konzept für einen Film über den Klimawandel arbeite", sagt Papa langsam.

Carlotta nickt gespannt. Klar weiß sie das. Seit Klimawandel, Erderwärmung und die ganzen Umweltprobleme ein Thema sind, ist es Papas größter Traum, eines Tages einen Film darüber zu machen. Er will die Menschen aufrütteln, sagt er, bevor es zu spät ist, und ihnen zeigen, dass es mit der Umweltverschmutzung und der Ausbeutung der Natur und der Tierwelt nicht so weitergehen kann. Seit Jahren sammelt er Material zusammen und bereitet sich darauf vor. Nur hat sich bis jetzt leider kein Fernsehsender dafür interessiert.

Bis jetzt, denkt Carlotta.

„Ich hab endlich einen Privatsender gefunden, dem mein Konzept gefällt und der den Film finanzieren will." Papas Augen strahlen vor Begeisterung. „Ist das nicht klasse? Ich könnte verrückt werden vor Freude! Endlich geht es los!“

Carlotta springt auf. Papa bringt schnell sein Glas in Sicherheit, bevor sie ihm um den Hals fällt.

„Das ist ja toll!“, jubelt sie. „Superspitzenklassephänomenal! Ich freu mich!“

„Ich mich auch, und wie!“, lacht Papa. „Gleich nach den Sommerferien geht's los. In den nächsten Wochen muss ich noch unheimlich viel erledigen, die Ausrüstung und das Team zusammenstellen, Kameraleute engagieren, und jemanden für den Ton. Die Reise muss organisiert, die Flüge müssen gebucht werden. Ich weiß gar nicht, womit ich anfangen soll. Am liebsten würde ich sofort loslegen.“

Carlotta setzt sich wieder hin. Der Kellner bringt ihre Pizza und für Papa einen großen Teller Tortellini.

„Oh, Mann ..., ich bin viel zu aufgeregt“, jammert Carlotta. „Ich glaub, ich krieg keinen Bissen runter.“

Papa lacht. „Geht mir genauso!“

Aber dann widmen sie sich doch ihrem Essen, und während Carlotta ihre Pizza in handliche Achtel zersäbelt und genüsslich Stück für Stück vertilgt, erzählt Papa ihr von seinen Plänen.

„Wir werden in die Antarktis fliegen“, sagt er begeistert. „Eisbären und Wale beobachten, alle Wunder dieser

Welt sehen und die Naturvölker im Regenwald, in Australien und in Afrika besuchen."

Carlottas Augen werden immer größer. Ihr Vater lächelt.

„Es gibt da allerdings ein kleines Problem", schränkt er nach einer ganzen Weile ein. Er wischt sich den Mund ab, faltet die Serviette zusammen und legt sie ordentlich neben seinen Teller.

„Und welches?", mümmelt Carlotta.

„Ich werde ziemlich lange unterwegs sein", erwidert Papa.

„Wie lange denn?", fragt Carlotta.

Papa spielt wieder mit dem Salzstreuer. Er sieht Carlotta in die Augen und sagt: „Mindestens ein Jahr. Vielleicht auch länger."

Carlotta starrt ihn sekundenlang an.

„Was!?", krächzt sie, als sie wieder sprechen kann. Ihre Hand schwebt mit einem Stück Pizza irgendwo zwischen Tisch und Mund. Langsam lässt sie die Hand sinken und legt das Pizzateil zurück. Ihre Kehle ist total ausgetrocknet, aber sie schafft es einfach nicht, ihr Glas zu nehmen und einen Schluck zu trinken.

Papa schiebt den Salzstreuer beiseite und trommelt mit den Fingern auf der Tischplatte.

„Carlotta, du weißt, wie wichtig dieser Film für mich ist“, sagt er eindringlich. „Dieser Auftrag ist der wichtigste Auftrag meiner Karriere, ach was, meines Lebens! Es ist dir doch klar, was das für mich bedeutet, oder?“

Carlotta kann nur stumm nicken.

Ihr Vater fährt fort: „Wir werden einmal rund um den Globus reisen, von Island nach Feuerland, vom Nordpol an den Südpol, von Argentinien über Afrika nach Australien. Wir wollen überall nach den Spuren des Klimawandels suchen und sie dokumentieren. Wir werden monate-, wenn nicht jahrelang unterwegs sein und filmen. Das ist kein Wochenendausflug.“

Wieder nickt Carlotta.

„Ich weiß“, murmelt sie leise. „Aber … du kannst mich doch nicht ein ganzes Jahr allein lassen!“

Papa runzelt die Stirn. „Natürlich nicht!“

Carlottas Augen werden groß. „Heißt das, du nimmst mich mit?“, fragt sie. „Mann, das ist ja cool!“

„Aber nein.“ Papa schüttelt energisch den Kopf. „Wie stellst du dir das denn vor? Du gehst natürlich zu deiner Mutter. Ich habe schon alles mit ihr besprochen. In ein paar Wochen bist du mit der Grundschule fertig. Nach den Sommerferien musst du so oder so die Schule wechseln. Die Umstellung wird dir also nicht so schwerfallen wie in einem laufenden Schuljahr. Mama hat schon ein Gymnasium für dich ausgesucht. Es wird dir gefallen, und außerdem“, er nimmt einen Schluck Schorle, „macht es dir bestimmt Spaß, mit den Kleinen zusammen zu sein. Ihr seht euch selten genug.“

In Carlottas Magen ballt sich ein Klumpen zusammen. Hat sie eben richtig gehört? Sie soll zu Mama, dem Rundbauchnilpferd und den Zwergen? Sie wird abgeschoben und an eine wildfremde Schule verpflanzt? Und über all das haben Mama und Papa schon entschieden? Einfach so? Hinter ihrem Rücken?

„Vergiss es!“, stößt sie hervor. Sie greift nach ihrem Limoglas. Am liebsten würde sie es an die Wand knallen. Stattdessen trinkt sie es in einem Zug leer und rülpst so laut sie kann.

„Carlotta!“, sagt Papa erschrocken.

Carlotta rülpst noch einmal. Am Nachbartisch dreht sich ein Mann um. Carlotta streckt ihm die Zunge raus. Schnell dreht er sich wieder um.

„Ich denk ja gar nicht daran!“, zischt Carlotta und verschränkt die Arme vor der Brust. „Ich zieh nicht zu Mama! Ich geh hier mit Katie aufs Gymnasium. Ich komm auch allein zurecht. Du kannst mich ja zwischendurch mal besuchen, wenn du in der Nähe bist. Ich bleib jedenfalls hier."

Papa schluckt. „Du möchtest sicher keinen Nachtisch mehr?", fragt er. Es ist eher eine Feststellung als eine Frage. Mit einem Handzeichen bedeutet er der Bedienung, dass er bezahlen möchte.

„Nee, danke", grummelt Carlotta. „Mir ist der Appetit vergangen."

„Mir auch", grummelt Papa zurück.

Als sie ins Auto steigen, verzieht Papa keine Miene. Schweigend steckt er den Schlüssel ins Zündschloss und fährt los. Carlotta sitzt neben ihm und starrt aus dem Fenster. Am liebsten würde sie losheulen, aber den Gefallen tut sie ihm nicht.

Er wird schon sehen, was er davon hat, denkt sie. Und Mama auch! So was Gemeines!

Carlotta denkt an Katie, ihre allerbeste Freundin, seit dem Kindergarten schon. Dass sie nach den Sommerferien zusammen aufs Gymnasium gehen und nebeneinander sitzen, ist längst beschlossene Sache. Daran gibt's nichts zu rütteln, da können Mama und Papa sich auf den Kopf stellen. Katie und sie sind beste Freundinnen. Für immer, das haben sie sich sogar geschworen. Was die wohl zu der ganzen Sache sagt? Bestimmt ist sie auch stocksauer. „Vielleicht kann ich ja bei Katie wohnen“, murmelt Carlotta.

Ja!, denkt sie plötzlich. Das wäre doch die Lösung! Papa kann auf Weltreise gehen, und ich zieh zu meiner besten Freundin!

Papa wirft ihr einen kurzen Seitenblick zu. „Kommt gar nicht in Frage“, sagt er.

„Warum nicht?“

„Weil du zu deiner Mutter ziehst.“ Papa hält an einer roten Ampel. Seine Hände umklammern das Lenkrad so fest, dass seine Fingerknöchel weiß hervortreten. „Keine Diskussion, verstanden? Deine Mutter und ich sind uns ausnahmsweise einig, dass das die beste Lösung ist.“

„Für euch vielleicht!“, schleudert Carlotta ihm entgegen. In ihren Augen brennen bittere Tränen. Carlotta wischt sie mit einer Handbewegung fort. Sofort strömen neue nach. „Werd ich denn überhaupt nicht gefragt? Es geht schließlich um mich, oder nicht?“

„Natürlich geht es um dich“, seufzt Papa. „Aber nicht nur. In erster Linie geht es darum, was für alle Beteiligten das Beste ist. Und das Beste ist, dass du zu Mama ziehst. Es ist doch nur für ein Jahr“, setzt er versöhnlich hinzu. „Danach wird alles wieder wie vorher.“

„Nichts wird wie vorher“, schnieft Carlotta. „In einem Jahr bin ich vor lauter Kummer alt und verschrumpelt! Wetten?“

„Carlotta!“ Papa schaltet vor Schreck in den falschen Gang. Das Getriebe knirscht gequält auf. „Bitte!“

Ist doch wahr!, denkt Carlotta und dreht den Kopf zur Seite.

Die Tränen laufen ihr übers Gesicht. Carlotta lässt sie einfach laufen. Sie legt die Stirn ans Fenster und starrt hinaus, ohne etwas wahrzunehmen. Seit Mama und Papa sich getrennt haben, hat sie sich noch nie so elend gefühlt wie in diesem Augenblick.

Papa hat eine Idee

„Das ist ja echt oberfies!“ Katie liegt auf Carlottas Bett und wirft sich eine Handvoll Gummibärchen in den Mund. Sie nascht für ihr Leben gern – besonders, wenn sie aufgeregt ist, so wie jetzt. Deshalb ist sie auch ein bisschen mollig. Aber das stört sie gar nicht. „Lieber rund und gesund als mager und hager“, sagt sie immer.

„Ich würde abhauen und irgendwo untertauchen, wenn ich du wäre“, nuschelt sie mit vollen Backen. „Ja, klar! Das ist es!“ Sie setzt sich so abrupt auf, dass die Naschtüte beinahe vom Bett rutscht. Sie kann sie in letzter Sekunde auffangen. „Ich könnte dich bei uns verstecken, auf dem Dachboden oder im Keller!“

Carlotta winkt ab. Wie ein Häufchen Elend hockt sie auf ihrem Drehstuhl am Schreibtisch und dreht sich hin und her, immer wieder, hin und her. „Vergiss es“, sagt sie leise. „Das ist albern. Und bei dir würde Papa mich zuerst suchen."

„Hm, stimmt." Katie wirft Carlotta ein paar Gummibärchen zu. Sie achtet darauf, dass es nur weiße sind, das sind Carlottas Lieblingsbärchen. „Da, Süßes ist gut für die Nerven."

Geschickt fängt Carlotta die Bärchen auf und schiebt sie sich zwischen die Zähne. In ihrem Bauch rumort schon wieder ein dickes Gedankenknäuel. Ein Teil davon steckt noch in ihrem Hals und rührt sich nicht von der Stelle. Seit dem Streit mit Papa steckt es da fest, und der ist schon zwei Tage her.

„Ich will nicht weg", jammert Carlotta zum ungefähr tausendsten Mal an diesem Nachmittag. „Ich will hierbleiben!"

Katie zieht eine Schnute. „Gegen deine Eltern hast du keine Chance", brummt sie. „Wenn die was beschlossen haben, ziehen sie's durch. Das hast du doch bei der Scheidung gesehen. Da haben sie dich auch nicht gefragt, ob's dir passt."

„Stimmt", gibt Carlotta zu. Sie zieht die Nase hoch und schnieft. „Aber da durfte ich mir wenigstens aussuchen, bei wem ich wohnen will. Bei Papa nämlich. Und trotzdem schickt er mich jetzt weg. Das ist doch nicht fair!"

„Nee“, sagt Katie und schüttelt betrübt den Kopf. „Das ist kein bisschen fair.“

Sie wirft Carlotta noch ein paar Gummibärchen zu, bevor die Tüte leer ist. Carlotta setzt die Bärchen nebeneinander auf ihren Schreibtisch und nimmt ihre kleine Digitalkamera aus dem Regal darüber.

„Du und deine Gummibärchenfotos“, grinst Katie. „Willst du nicht mal was anderes knipsen? Mich zum Beispiel?“ Sie zupft ihre Haare zurecht und macht eine alberne Pose.

Carlotta schüttelt den Kopf und nimmt die Bärchenfamilie auf dem Schreibtisch ins Visier.

„Ich knipse nicht, ich fotografiere“, betont sie und drückt auf den Auslöser. „Aber davon verstehst du natürlich nichts.“

„Nö“, kichert Katie und betrachtet die Fotos, die über Carlottas Schreibtisch hängen. Sie zeigen Gummibärchen in allen Lebenslagen: in der Badewanne, im Gras, neben einem Gänseblümchen, in der Schule, mit einer Tafel Schokolade und auf dem Rand einer Cornflakesschüssel balancierend. „Bestimmt wirst du damit eines Tages reich und berühmt, haha.“

„Wer weiß?“, erwidert Carlotta und drapiert die Bärchen neu. „Auf die Idee, Gummibärchen so zu fotografieren, ist außer mir bestimmt noch keiner gekommen!“

Sie hat die Digitalkamera von Papa zum Geburtstag geschenkt bekommen und war seitdem ständig auf der Suche nach außergewöhnlichen Motiven. Als sie eines Tages aus purer Langeweile zwei Gummibärchen aus unterschiedlichen Perspektiven fotografiert hat, ist ihr die Idee gekommen, Gummibärchenfotografin zu werden. Blumen, Sonnenuntergänge und Frühlingswiesen kann schließlich jeder aufnehmen – Blumen, Sonnenuntergänge und Frühlingswiesen mit Gummibärchen nicht.

Es macht ihr Spaß, sich immer neue Arrangements auszudenken, und Papa findet, dass ihre Aufnahmen etwas ganz Besonderes sind. Aber davon versteht Katie wirklich nichts. Sie ist eben kein bisschen kreativ.

Als Katie sich am späten Nachmittag verabschiedet, kommt Papa aus seinem Arbeitszimmer. Sein Gesicht sieht müde aus. Zwischen den Augen hat er eine tiefe Falte, als würde er zu wenig schlafen.

Er nickt Katie zu und sagt zu Carlotta: „Können wir gleich noch mal in Ruhe über alles reden? Vielleicht hab ich eine Lösung für unser Problem.“

Carlotta zieht die Stirn kraus. Was gibt es da noch

großartig zu bereden? Ihr Schicksal ist besiegelt. Sie wird ihre Tage zwischen dreckigen Windeln und Babybrei zubringen. Nur unterbrochen vom Gesang eines übergewichtigen Nilpferds unter der Dusche.

„Von mir aus“, seufzt sie und bringt Katie zum Gartentor.

„Hört sich nach einem ernsten Vater-Tochter-Gespräch an“, sagt Katie. „Erzähl’s mir morgen früh. Oder ruf mich nachher noch mal an.“

„Klar, mach ich“, verspricht Carlotta. „Bis dann!“ Sie winkt der Freundin hinterher, dann stapft sie mit hängenden Schultern ins Haus zurück.

Papa wartet im Wohnzimmer auf sie. Vor ihm auf dem Tisch liegt ein dickes Fotoalbum.

Na toll, denkt Carlotta. Will er jetzt etwa Fotos angucken? Sie hockt sich auf die Sofakante und runzelt die Stirn.

Papa lächelt, als er das Album aufschlägt.

Carlotta kennt das Album und ahnt, was jetzt kommt. Etwas wie: „Das waren noch Zeiten!“, oder so ähnlich. Garantiert!

„Ach ja …“, seufzt Papa. „Das waren noch Zeiten. Damals war ich kaum älter als du.“

Carlotta rollt mit den Augen. Was haben Papas sentimentale Jugenderinnerungen mit ihrem Problem zu tun?

„Das ist das Internat Prinzensee." Papa zeigt auf ein Farbfoto, das ein verwinkeltes, von hohen Bäumen umstandenes Gebäude inmitten eines Parks zeigt.

„Super", spöttelt Carlotta. Dass Papa heute noch von seiner Zeit als Internatsschüler schwärmt, obwohl inzwischen mehr als zwanzig Jahre vergangen sind, findet sie ziemlich unnormal. Wie kann man so gerne zur Schule gegangen sein? Noch dazu auf ein Internat? Ein Internat, das Prinzensee heißt, ist wirklich das Letzte, findet Carlotta. Klingt, als würden da lauter Prinzen und Prinzessinnen wohnen. Total kitschig.

„In ein paar Wochen ist Ehemaligentreffen", erzählt Papa, während er weiterblättert. „Es fällt in deine Sommerferien, und ich dachte, vielleicht hast du Lust, mich zu begleiten?" Er guckt Carlotta an.

Carlotta zieht die Augenbrauen zusammen. „Wozu das denn? Ich bin froh, wenn ich in den Ferien keine Schule von innen sehen muss!"

Papa lacht. „Das kann ich gut verstehen, aber Prinzensee ist schließlich keine normale Schule. Es ist ein altes Landschloss, unheimlich schön zwischen Wäldern und Seen gelegen. Das reinste Paradies. Ich dachte, wir machen einen kleinen Ausflug, sehen uns die Gegend an, und bei der Gelegenheit zeige ich dir meine alte Schule."

„Aber wieso?", fragt Carlotta misstrauisch. „Du bist doch sonst immer allein zu den Ehemaligentreffen gefahren."

Papa legt das Album zurück und fährt mit dem Finger über das Foto des alten Schlosses.

„Stimmt", erwidert er. „Aber jetzt hätte ich Lust, dich mitzunehmen. Es ist die letzte Gelegenheit, dass wir etwas zusammen unternehmen, bevor ich abreise. Und außerdem möchte ich, dass du dir Prinzensee einmal ansiehst."

Carlotta verspürt kein Fünkchen Lust, aber leider hat Papa Recht: Es wäre wirklich die letzte Chance, ein paar Tage miteinander zu verbringen.

Vielleicht kann man die Schulbesichtigung ja auf ein halbes Stündchen beschränken?, denkt sie und nickt. „Na gut, von mir aus."

Papa steht auf und setzt sich neben sie auf das Sofa.

„Klasse", freut er sich. „Du wirst sehen, es wird dir gefallen."

„Ist doch ganz egal, wie ich das finde", meint Carlotta. „Und überhaupt ..., wir wollten doch über was ganz anderes reden, oder?"

„Vielleicht hat das eine mit dem anderen zu tun." Papa

macht ein geheimnisvolles Gesicht. „Ich hoffe es jedenfalls.“

Carlotta versteht nur Bahnhof.

Papa bemerkt ihren ratlosen Blick. „Da du nicht zu deiner Mutter ziehen möchtest“, sagt er, „hab ich mir den Kopf wegen einer Alternative zerbrochen.“

„Was ist eine Alternative?“, fragt Carlotta.

„Eine andere Möglichkeit“, erklärt Papa. „Wir müssen eine andere Möglichkeit finden, mit der alle zufrieden sind. Mama, ich und vor allem du.“

Carlotta nickt. Da hat er ausnahmsweise mal Recht!

Papa fährt fort: „Du weißt ja, wie pudelwohl ich mich auf Prinzensee gefühlt habe. Und ich könnte mir vorstellen, dass du dich dort auch ziemlich wohl fühlen könntest.“ Carlotta will etwas sagen, aber Papa spricht einfach weiter. „Du musst jetzt gar nichts sagen. Zuerst gucken wir uns das Internat mal an, und dann kannst du dich entscheiden. Hierbleiben kannst du jedenfalls nicht. Du hast also zwei Alternativen: Entweder du ziehst zu Mama und besuchst dort die Schule, oder du gehst nach Prinzensee, bis ich wieder da bin. Im Internat hättest du unheimlich viele Möglichkeiten. Du könntest Sport treiben, Fremdsprachen lernen, neue Freunde finden. Prinzensee ist eine internationale Schule, die Schüler kommen aus der ganzen Welt. Und dann die Gegend! Es ist wirklich ein kleines Paradies."

In Carlottas Kopf purzelt alles kunterbunt durcheinander. Papa will sie auf ein Internat schicken? Das ist ja fast noch schlimmer als zu Mama und den Zwergen! Mit allem hat Carlotta gerechnet, aber damit nicht! Am liebsten würde sie aufspringen und Katie anrufen. Aber da fällt ihr ein, dass die total für Internatsgeschichten schwärmt. Hanni und Nanni, Pferdeinternat Rosenberg, Burg Schreckenstein, Harry Potter ... Katie liest überhaupt nichts anderes. Bestimmt würde sie es total romantisch finden, auf ein Internat zu gehen.

Carlotta stöhnt auf. Gibt es vielleicht ein Naturgesetz, dass alle Mitglieder der Familie Prinz das Internat Prinzensee besuchen müssen? Nur weil sie zufällig Prinz mit Nachnamen heißt, bedeutet das noch lange nicht, dass sie freiwillig auf dieses bescheuerte Internat geht! Nie im Leben! „Hab ich überhaupt eine Wahl?", grummelt sie. „Abgesehen davon, dass ich beides nicht will?"

„Ach, Carlotta", sagt Papa leise. „Mach es mir doch nicht so schwer."

Carlotta sieht die Sorgenfalten in seinem Gesicht, den traurigen Blick in seinen Augen.

„Na gut", seufzt sie. „Angucken kann ich mir den ollen Kasten ja mal. Aber das heißt noch lange nicht, dass du mich da einfach so abliefern kannst, verstanden?"

Papa zuckt zusammen, aber er lächelt.

„Muss ich dann auch in den Ferien dableiben?", fragt Carlotta. „Die ganze Zeit?"

„Nein." Papa schüttelt den Kopf. „In den Ferien kannst du zu Mama. Oder zu Katie. Das entscheiden wir, wenn es so weit ist."

„Okay", murmelt Carlotta. „Aber so ein Internat ist doch bestimmt ziemlich teuer, oder? Können wir uns das überhaupt leisten?"

Zum ersten Mal seit Tagen lacht Papa. Er nimmt Carlotta in den Arm und drückt sie ganz fest.

„Ach, Carlottchen ...", sagt er und gibt ihr einen Kuss auf die Nasenspitze. „Das lass mal getrost meine Sorge sein."

Ausflug zum Schloss Trostlos

Gleich in der zweiten Ferienwoche geht es los. Carlotta hat ihren Vater schon lange nicht mehr so aufgeregt gesehen. Schon Tage vorher hat er seine Reisetasche gepackt und Carlotta immer wieder ermahnt, ja nichts zu vergessen.

Meine Güte, denkt Carlotta. Wir machen doch keine Weltreise!

Schloss Trostlos – wie sie Papas Internat insgeheim getauft hat – ist nur knapp zwei Autostunden entfernt. Trotzdem stellt Papa am Vorabend den Wecker und steht mitten in der Nacht auf, um das Auto mit dem wenigen Gepäck zu beladen, Frühstück zu machen und Carlotta zu wecken.

Carlotta hat noch ganz kleine Augen, als sie ins Auto klettert.

„Du kannst ja während der Fahrt weiterschlafen“, schlägt Papa vor.

Carlotta macht es sich auf der Rückbank bequem, blinzelt in den beginnenden Tag und lehnt sich zurück. Natürlich hat sie ihr Kuschelkissen dabei, das herrlich nach Sommer duftet.

Draußen ist vom Sommer leider keine Spur zu sehen. Der Himmel ist tiefgrau. Aus dicken Wolken fällt Nieselregen und bedeckt die Scheiben.

Genau das richtige Wetter für einen Ausflug zum Schloss Trostlos, denkt Carlotta und gähnt.

Im Autoradio dudelt leise Musik. Kaum ist Papa aus der Stadt heraus und auf die Autobahn abgebogen, fallen ihr die Augen zu. Kurz bevor sie einschläft, denkt sie an Katie. Wie erwartet, war die total begeistert von den Internatsplänen.

„Wie cool ist das denn!“, hat sie gekreischt. „Ein echtes Internat! Und dann heißt es auch noch Prinzensee! Wie für dich gemacht! Carlotta Prinz auf Prinzensee – wie das klingt! Voll romantisch! Vielleicht kann ich ja mitkommen? Oh, Mann! Das ist gemein! Ich wünschte, ich wäre du!“

Carlotta schnaubt und kuschelt sich ein bisschen tiefer in ihr Sommerwiesenkissen. Romantisch – pah! Wenn

Katie will, kann sie auch gerne mit ihr tauschen, kein Problem.

Als Papa an einer Autobahnraststätte anhält, wacht Carlotta auf. „Was ist los?“, murmelt sie. „Sind wir schon da?“

„Noch nicht ganz.“ Papa löst den Sicherheitsgurt und streckt sich. „Ich würde gern einen Kaffee trinken. Wollen wir reingehen, oder soll ich dir was mitbringen?“

„Bring mir was mit, eine Limo bitte.“ Carlotta ist viel zu schläfrig, um auszusteigen.

Papa winkt ihr zu und verschwindet in der Raststätte. Wenig später kehrt er zurück, in der einen Hand einen Thermobecher mit Kaffee, in der anderen die Limo. Unter seinem Arm klemmt eine Rolle Kekse.

Carlotta findet es gemütlich, mit Papa im Auto zu sitzen, Limo zu trinken und Kekse zu knabbern. Ein echt cooles Frühstück. Nur die vielen Brummis, die unablässig auf den Parkplatz rollen, stören ein bisschen.

„Warst du eigentlich freiwillig auf diesem komischen Internat?“, fragt Carlotta beiläufig. Das ist eine Frage, die sie schon länger brennend interessiert. Sie kann sich nicht vorstellen, dass es Kinder gibt, die freiwillig von zu Hause weggehen. Und schon gar nicht in ein Internat. Aber wer weiß?

„Freiwillig?“ Papa lacht. „Ganz und gar nicht, im Gegenteil! Du weißt doch, dass mein Vater, dein Großvater, sehr früh gestorben ist. Ich war gerade mal elf. Deine Oma hat sein Geschäft weitergeführt und hatte kaum genug Zeit, sich daneben auch noch um mich zu kümmern. Deshalb hat sie mich nach Prinzensee geschickt. Ich fühlte mich damals mindestens genauso mies wie du jetzt. Ungeliebt und abgeschoben.“

Carlotta schluckt. Oh, Mann. Das hat sie nicht gewusst.

Papa angelt sich einen Keks aus der Rolle.

„Aber als ich dann erst mal da war“, fährt er fort, „wollte ich gar nicht wieder weg. Die Lehrer waren unheimlich nett, bis auf ein paar Ausnahmen, klar, die gibt's überall. Aber ich hab viel gelernt und tolle Freunde gefunden. Mit der Rudermannschaft der Schule war ich ziemlich erfolgreich. Wir haben viele Medaillen gewonnen. Und auch sonst war's eine tolle Zeit.“ Er trinkt den letzten Schluck Kaffee und zerdrückt den Styroporbecher. Sein Blick ruht auf Carlotta. „Wollen wir weiter?“

Carlotta nickt. „Wann sind wir denn da?“

„Wenn wir gut durchkommen, in einer knappen Stunde.“ Papa startet den Motor und rollt vom Parkplatz.

Carlotta legt den Kopf zurück.

Wenn Papa das ausgehalten hat, denkt sie, dann schaff ich das auch. Vielleicht. Aber da gibt es noch ein winzig kleines Problem …

„Hattest du auch mal Heimweh?“, fragt sie leise.

„Na klar.“ Papa wirft einen Blick in den Rückspiegel. „Jede Menge sogar. Aber das vergeht mit der Zeit von ganz allein.“

Ob das wirklich stimmt? Carlotta hat so ihre Zweifel.

Papa merkt das. „Carlotta, niemand behauptet, dass es einfach ist. Aber du schaffst das schon, ganz sicher.“

Nach einer halben Stunde verlassen sie die Autobahn. Die Landschaft wird ländlicher. Sie kommen durch ein paar Dörfer, fahren durch einen großen Wald. Dann kommt ganz lange gar nichts mehr, nur plattes grünes Land, hin und wieder von ein paar Hecken oder einzelnen Bauernhöfen unterbrochen. Auf den Wiesen neben der Straße weiden Pferde, Kühe und Schafe. Durch die Klimaanlage dringt dezenter Mistgeruch ins Wageninnere.

Angewidert rümpft Carlotta die Nase. Auch das noch. Das ist ja die reinste Einöde!

„Ja, ja … die gute Landluft“, grinst Papa.

Carlotta grinst zurück.

Inzwischen hat es richtig angefangen zu regnen. Aus dem leichten Nieselregen ist ein heftiger Landregen geworden. Es schüttet wie aus Eimern, und die Scheibenwischer müssen sich ordentlich anstrengen. Carlotta kann kaum noch etwas sehen. Als plötzlich ein Schild am Straßenrand auftaucht, spürt sie, wie ihr Herz schneller klopft.

„Europäische Internatsschule Schloss Prinzensee", steht auf dem Schild. „Herzlich willkommen."

Langsam rollt Papas Wagen durch eine breite Allee. Das Pflaster ist alt und holprig und die Bäume neigen sich alle zu einer Seite, als würde der Wind hier ständig nur aus einer Richtung wehen.

Carlotta beugt sich nach vorn und späht durch die Windschutzscheibe. Am Ende der Allee taucht ein großes, weißes Gebäude mit einem roten Ziegeldach auf. Es ist total verwinkelt und sieht aus wie ein Schloss mit vielen hohen Fenstern, unzähligen Schornsteinen, einer breiten Treppe und einem blumengeschmückten Balkon. Sogar einen Turm gibt es. Auf seinem Dach weht eine blaue Flagge mit einem gelben Wappen.

Alles in allem sieht es gar nicht so schlimm aus, stellt Carlotta fest. Insgeheim hatte sie es sich nicht so hübsch vorgestellt, sondern mehr wie ein dunkles Gefängnis.

Aber von hohen Zäunen, Alarmanlagen und schmiedeeisernen Gittern vor den Fenstern ist weit und breit nichts zu sehen.

Vielleicht verstecken sie das alles auf der Rückseite?, denkt Carlotta misstrauisch. Bestimmt gibt es irgendwo eine Folterkammer. Oder ein finsteres Verlies. Jedes anständige Schloss hat schließlich so was. Wer weiß, wer da vor sich hin modert? Vielleicht die Schüler, denen es im Internat nicht gefallen hat. Oder Kinder, die von ihren Eltern einfach abgegeben und nie wieder abgeholt worden sind. Carlotta läuft eine Gänsehaut über den Rücken.

„Das ist das Wappen von Prinzensee." Papa zeigt auf die blaue Fahne und lenkt den Wagen auf einen freien Parkplatz. Er macht den Motor aus und dreht sich zu Carlotta um. „Da wären wir also."

Carlotta schluckt und spürt einen klitzekleinen Sorgenstein in ihren Magen plumpsen.

Tja, denkt sie, und der Sorgenstein zwickt und grummelt. Da wären wir. Und nun?

Am liebsten würde sie im Auto sitzen bleiben und sofort wieder umkehren, aber da reißt Papa schon die Tür auf und ruft: „Nun komm schon! Du bist doch bestimmt neugierig."

„Kein bisschen", murmelt Carlotta und klettert aus dem Auto. „Aber wen interessiert das schon?"

Mit sorgenvoll gerunzelter Stirn stapft sie hinter Papa her. Zum Umkehren ist es eindeutig zu spät.

Ein Schloss zum Verlaufen und ein Junge am See

Klack, klack, klack, machen die hohen Absätze der Schulsekretärin auf dem blank gebohnerten Parkett. Die weiß getünchten Wände und die hohen Gewölbedecken werfen das Klappern laut zurück.

Carlotta hat große Mühe, Frau Müller-Stürzelbach zu folgen. Die Schulsekretärin hat sich bereit erklärt, ihr das Internat zu zeigen, während Papa am Empfang der ehemaligen Internatsschüler in der Aula teilnimmt.

„Im Moment sind natürlich Ferien“, sagt Frau Müller-Stürzelbach über die Schulter hinweg zu Carlotta. „Das Schloss ist normalerweise geschlossen. Heute ist allerdings *open house*, wegen der Feierlichkeiten.“

Carlotta hat keine Ahnung, was *open house* bedeutet, aber sie nickt interessiert, während sie hinter der hageren Sekretärin herstolpert und sich neugierig umsieht.

Das Internat ist riesengroß. In der Eingangshalle könnte man glatt Schlittschuh laufen, obwohl das mit Sicherheit verboten ist, und der Flur, durch den sie und Frau Müller-Stürzelbach mit langen Schritten hasten, ist bestimmt ein paar Kilometer lang. Die Gänge sind verwinkelt und sehen alle gleich aus. Wäre sie allein unterwegs, würde sie sich todsicher verlaufen, so viel steht fest.

Frau Müller-Stürzelbach schließt die Tür zu einem Klassenraum auf und lässt Carlotta einen Blick hineinwerfen.

Carlotta staunt über die moderne Einrichtung, die hell und freundlich ist. Der Raum sieht fast gemütlich aus. Ziemlich erstaunlich für ein Klassenzimmer, findet sie.

„Bei uns wird in kleinen Lerngruppen gearbeitet, maximal 20 Schüler pro Klasse“, erklärt Frau Müller-Stürzelbach und zieht die Tür schon wieder zu. „Größere Klassen gibt es nicht. Wissenschaftliche Untersuchungen der letzten Jahre haben bewiesen, dass das Lernen in Kleingruppen wesentlich effektiver ist als der herkömmliche Frontalunterricht. Unser Schulleiter Dr. Brönne ist ein großer Verfechter der individuellen Förderung.“

„Aha“, murmelt Carlotta, ohne einen Schimmer zu haben, was das wohl bedeutet.

„Bestimmt möchtest du auch die Wohnräume sehen?“

Frau Müller-Stürzelbach klackert weiter über das Parkett, ohne eine Antwort abzuwarten. „Die Zimmer der Unter- und Mittelstufe befinden sich im Westflügel. Unsere Oberstufe ist in einem externen Gebäude untergebracht." Sie zeigt vage nach links, dann nach rechts, deutet aus einem der großen Fenster, hinter denen Carlotta verschwommen ein weiteres Gebäude erkennen kann, und trippelt schließlich eine breite Steintreppe hinauf und kurz darauf einen noch längeren Flur entlang.

„Unsere Unterstufenschüler leben in Dreier- oder Viererappartements." Frau Müller-Stürzelbach schließt eine Zimmertür auf. Das Zimmer dahinter ist ziemlich klein und eng. Vier Betten stehen darin, und vier Schreibtische. An den Wänden hängen Bücherregale, daneben kleben Poster von Popstars, Pferden und Hunden. Vor den Fenstern sind bunte Gardinen angebracht. In einer Ecke steht ein kleiner Fernseher, auf einem Schreibtisch ein Computer mit Flachbildschirm.

Carlotta sieht sich neugierig um. Sehr ordentlich sieht es zwar nicht gerade aus, aber eigentlich ganz nett.

Frau Müller-Stürzelbach klimpert mit ihrem Schlüsselbund und lächelt. „Unsere Schüler richten ihre Zimmer ganz nach ihrem persönlichen Geschmack ein", sagt sie. „Kein Raum gleicht dem anderen. Wie man unschwer erkennen kann, ist dies ein Mädchenzimmer. Schön bunt, nicht?"

Carlotta nickt. Sie fragt sich, wo das Badezimmer ist. Hinter der Tür sieht sie nur ein kleines Waschbecken mit einer Ablage und einem Spiegel.

„Die Gemeinschaftswaschräume, Duschen und Toiletten befinden sich am Ende des Flurs", sagt Frau Müller-Stürzelbach, als könne sie Carlottas Gedanken lesen.

„Wenn du willst, zeig ich dir noch die Aufenthaltsräume und den Speisesaal. Draußen kannst du dich dann ruhig alleine umsehen. Ich muss gleich zurück zum Empfang." Sie zieht die Tür hinter sich zu und schließt sorgfältig ab. „Wir haben mehrere Sportplätze und -hallen, eine Schwimmhalle, außerdem Tennis-, Fußball- und Hockeyplätze, einen Reitstall, ein Bootshaus und einen Bootsanleger am See. Viele Schüler segeln, und unsere Rudermannschaft ist sehr erfolgreich."

„Ich weiß", sagt Carlotta. „Mein Vater hat früher auch hier gerudert. Er hat noch ziemlich viele Medaillen und Urkunden zu Hause."

„Ist doch prima", meint Frau Müller-Stürzelbach. „Dann kannst du ja direkt in seine erfolgreichen Fußstapfen treten."

Carlotta will gerade erwidern, dass sie vom Rudern

nur so viel versteht, dass man dazu Wasser, ein Boot und zwei Ruder benötigt, aber die Sekretärin hat sich schon umgedreht und eilt im Laufschritt weiter.

Carlotta kann sich ein Grinsen nicht verkneifen. Das ist echt eine Schlossbesichtigung im Schnelldurchlauf!

Als die Führung zu Ende ist, stellt sie erstaunt fest, dass trotz des Eiltempos mehr als eine Stunde vergangen ist. Frau Müller-Stürzelbach begleitet sie nach draußen und zeigt ihr den kürzesten Weg zum See.

„Vielleicht sehen wir uns dann ja nach den Ferien“, sagt die Sekretärin, als Carlotta sich bei ihr bedankt. „Ich würde mich freuen.“

„Ja, ich mich auch“, antwortet Carlotta.

Als sie allein ist, runzelt sie die Stirn. Ob sie nach den Ferien wiederkommt, steht doch noch gar nicht fest. Und ob sie sich freuen würde, erst recht nicht.

„Egal“, brummt Carlotta. Sie folgt dem gewundenen Weg durch den blühenden Park. Hinter den alten Bäumen kann sie schon den See schimmern sehen. Sie hat ihren kleinen Rucksack mit der Kamera und eine Tüte Gummibärchen dabei. Vielleicht kann sie ein paar Fotos machen.

Zum Glück hat es aufgehört zu regnen. Carlotta reckt

den Hals und atmet tief ein. Die Luft ist warm, und die Blumen im Schlosspark duften mindestens so gut wie ihr grasgrünes Kuschelkissen.

Schön ist es hier, denkt sie, als sie das Seeufer erreicht.

An einem langen Bootssteg sind mehrere schneeweiße Segelboote vertäut. Im Schatten eines Bootshauses liegen schnittige Ruderboote verkehrt herum im Gras. Die Vorstellung, dass Papa vielleicht schon in einem von ihnen gesessen haben könnte, bringt Carlotta zum Kichern.

Auf dem See quakt eine Ente, eine andere antwortet ihr. Ein Schwanenpaar zieht majestätisch vorbei und würdigt sie keines Blickes.

Carlotta breitet die Arme aus und blinzelt in die Sonne. Ob es hier immer so friedlich ist? Nee, bestimmt nicht. So riesig, wie das Schloss ist, wohnen hier bestimmt ziemlich viele Schüler. Wenn die alle gleichzeitig am See und auf den Sportplätzen herumwuseln, ist es mit der Ruhe garantiert vorbei.

Mit dem Ärmel ihres Sweatshirts wischt sie ein Fleckchen auf einem der umgedrehten Ruderboote trocken, dann setzt sie sich hin und angelt die Gummibärchentüte aus dem Rucksack. Zwei weiße steckt sie sofort in den Mund, ein grünes und ein rotes legt sie neben sich auf das Boot, um sie zu fotografieren.

Vom Schlossplatz dringen gedämpft Rufe und Lachen herüber. Der Empfang scheint zu Ende zu sein. Papa hat erzählt, dass es anschließend noch ein gemeinsames Mittagessen im Schloss geben soll, aber er und Carlotta haben beschlossen, den Rest des Tages gemeinsam zu verbringen – ohne ehemalige Mitschüler und Lehrer von Papa.

Carlotta macht ein paar Aufnahmen von den Booten, den Schwänen und den Gummibärchen. Sie will gerade aufstehen und zum Schloss zurückgehen, als eine laute Stimme ruft: „Hey, spinnst du? Was machst du da?"

Erschrocken fährt Carlotta herum. Die beiden Gummibärchen rutschen vom Boot und fallen ins Gras.

Ein Junge steht breitbeinig mitten auf dem Weg. Er trägt ein blauweiß geringeltes T-Shirt, hat die Hände tief in den Taschen seiner ausgefransten Jeans vergraben und funkelt Carlotta böse an. Sein strohblondes Haar fällt ihm fast bis auf die Schultern. Seine Augen sind auffallend himmelblau.

Wie bei einem Schlittenhund, denkt Carlotta. Einem Husky.

Er scheint ein bisschen älter zu sein und ist ungefähr einen Kopf größer als sie.

„Steh sofort auf!", blafft er. „Weißt du nicht, dass man sich nicht auf umgedrehte Boote setzt?"

„Was? Nein!“ Carlotta springt auf. „Wieso denn nicht?“

Der Junge kommt ein Stück näher und mustert sie aus zusammengekniffenen Augen von oben bis unten.

„Ist schlecht fürs Holz“, knurrt er. „Die Planken können sich verziehen. Das sind nämlich Regattaboote. Die sind sauteuer.“

„Ach so, Entschuldigung. Das wusste ich nicht.“ Carlotta versucht es mit einem kleinen Lächeln, aber der Junge starrt sie genauso finster an wie vorher.

Blödmann!, denkt Carlotta und starrt mindestens genauso finster zurück.

„Was suchst du überhaupt hier?“, will der Junge wissen. Sein Gesicht wird ein bisschen freundlicher. „Hier ist Privatgelände. Oder gehörst du etwa zu den schnieken Schnöseln?“

Er grinst, und Carlotta kann sehen, dass an einem seiner Schneidezähne eine kleine Ecke abgebrochen ist, was seinem Gesicht ein leicht verwegenes Aussehen verleiht.

Er sieht aus wie dieser Junge aus dem Film, denkt Carlotta, den es neulich im Fernsehen gab. Huckleberry Finn, nach dem berühmten Buch von Mark Twain.

Sie kichert. „Was denn für schnieke Schnösel?“

Das Grinsen des Jungen wird breiter. Mit dem Daumen einer Hand zeigt er über die Schulter zum Schloss und sagt: „Na, diese Ehemaligenschnösel, die heute hier rumtraben."

„Ach so! Ja, klar, zu denen gehör ich", sagt Carlotta, immer noch kichernd. „Mein Vater ist nämlich zufällig einer davon. Was dagegen?"

„Upps!", macht der Junge, aber es sieht nicht so aus, als ob es ihm besonders peinlich wäre, mitten ins Fettnäpfchen getreten zu sein. „Wie heißt du?"

„Carlotta, und du?"

„Jonas."

„Wohnst du hier?", fragt Carlotta neugierig. „Oder gehörst du auch zu den Schnöseln?"

„Nee", lacht Jonas. „Mein Vater ist hier der Hausmeister. Wir wohnen dahinten." Wieder wandert sein Daumen über die Schulter nach hinten und zeigt in eine ungefähre Richtung.

Carlotta nickt. „Aha", meint sie. „Cool."

„Na ja, geht so", brummt Jonas. Er vergräbt die Hände wieder in seinen Jeans, scharrt mit dem Fuß im Kies und kickt einen kleinen Stein weg. „Tja, ich glaub, ich geh dann mal wieder." Er zieht eine Hand aus der Hosentasche und winkt Carlotta zu, während er sich schon umdreht. „Ciao, man sieht sich."

„Tschüss“, sagt Carlotta.

„Und viel Spaß noch mit den Schnöseln!“, ruft Jonas über die Schulter, bevor er lostrabt und hinter dem Bootshaus verschwindet.

„Gleichfalls!“, ruft Carlotta zurück. Sie wartet einen Moment, aber Jonas antwortet nicht. Bestimmt hat er sie gar nicht mehr gehört. Schnösel … so ganz Unrecht hat er damit nicht. Sogar Papa hat sich extra fein gemacht, ein weißes Hemd und ein Jackett angezogen und zur Krönung die Krawatte mit dem kleinen Wappen vom Schloss Prinzensee umgebunden – obwohl er Anzüge und Krawatten normalerweise hasst wie die Pest und am liebsten nur in alten Jeans und T-Shirts rumläuft!

Carlotta schiebt den Fotoapparat und die angebrochene Gummibärchentüte in ihren Rucksack. Die beiden heruntergefallenen Bärchen lässt sie liegen. Zum Glück hat Jonas sie nicht gesehen. Bestimmt hätte er rumgemeckert – von wegen sauteure Boote und so. Kichernd dreht Carlotta sich um und läuft zum Schloss zurück.

Die Rückseite des Schlosses ist bei Weitem nicht so imposant wie die herausgeputzte Vorderseite, stellt sie beim genaueren Hinsehen fest. An manchen Stellen blättert der Putz ab, und in einer der langen Regenrinnen ist ein Riss, aus dem es in ein verwildertes Rosenbeet tropft. Trotzdem sieht es auch von hinten nicht aus wie ein schreckliches Gefängnis, sondern vielmehr sehr freundlich und einladend.

Als Carlotta um eine Ecke biegt, sieht sie ihren Vater mit drei fremden Männern auf dem Parkplatz stehen. Er winkt ihr zu, als er sie sieht.

Sie winkt zurück und wartet, bis Papa sich von den anderen verabschiedet hat. Dann läuft sie zu ihm.

„Na?“, sagt er und mustert sie aufmerksam, während er den obersten Hemdknopf öffnet, die ungewohnte Krawatte lockert und den Wagen aufschließt.

„Selber na“, gibt Carlotta zurück.

Papa lacht. „Los, komm! Wir gehen irgendwo was essen. Dabei kannst du mir erzählen, wie es dir gefallen hat.“

„Gibt's hier in der Nähe zufällig eine Pizzeria?“, fragt Carlotta.

„Bestimmt.“ Papa zwinkert ihr zu. „Wir werden schon eine finden.“

„Ich glaub, hier könnt's mir gefallen“, erzählt Carlotta ihm auf dem Weg zur Pizzeria. „Ruhiger als bei Mama in der Stadt ist es auf jeden Fall. Und Mama hätte doch sowieso kaum Zeit für mich. Außerdem ist es ja auch nur für ein Jahr. Das werd ich wohl überleben."

Papa freut sich. „Aber sicher", erwidert er. „Du wirst sehen, es wird dir gefallen. Für die Fünftklässler gibt es sowieso eine zweiwöchige Probezeit. Wenn es gar nicht geht, kannst du also immer noch zu Mama."

Probezeit? Das klingt gut. Carlotta wirft einen Blick zurück. Ganz langsam verschwindet das Schloss hinter den Bäumen. Zwischen dem dichten Grün blitzt der See auf.

Bis bald, Schloss Trostlos, denkt sie. Wir sehen uns!

Willkommen auf Schloss Prinzensee

„… und deshalb im Namen aller Schüler und Lehrer: Herzlich willkommen auf Schloss Prinzensee!“, beendet Dr. Titus Brönne seine Ansprache. „Für euch beginnt heute nicht nur ein neues Schuljahr, sondern auch ein ganz neuer, spannender Lebensabschnitt!“

Freundlicher Applaus brandet auf. Carlotta zuckt zusammen. Sie hat der Begrüßungsrede des Internatsleiters gar nicht richtig zugehört. Als der Unterstufenchor auf der Bühne ein festliches Lied anstimmt und Dr. Brönne seinen Platz in der ersten Reihe eingenommen hat, wandert ihr Blick durch die riesige Aula. Sie ist bis auf den letzten Platz mit Eltern und Schülern besetzt, die mehr oder weniger aufmerksam der Bach-Kantate lauschen und sich genauso neugierig umschauen wie Carlotta. Zusammen mit den anderen neuen Fünftklässlern sitzt sie in der ersten Reihe. Die Eltern und Verwandten haben weiter hinten Platz genommen.

Carlotta schluckt. Von ihren Eltern ist nur Mama da. Sie hat die Zwillinge zu Hause bei dem Nilpferd gelassen und ist mit Carlotta allein nach Prinzensee gefahren. Papa ist schon in aller Frühe zu seiner großen Reise aufgebrochen. Beladen mit Sack und Pack, unzähligen Kisten, Koffern, Kameras und anderen Aufnahmegeräten, ist er vor Stunden in einen Wagen des Fernsehsenders geklettert und davongebraust. Vorher hat er Carlotta ganz fest in den Arm genommen.

„Pass auf dich auf, Carlotta", hat er gebrummt. „Sei ein mutiges Mädchen."

Carlotta konnte nur nicken, weil sie so doll heulen musste, dass sie nicht sprechen konnte. Und dann war Papa weg. Und Mama hat Frühstück gemacht und wenig später zum Aufbruch gedrängt.

Carlotta seufzt noch einmal. Nicht mal von Katie hat sie sich richtig verabschieden können!

Überhaupt ging alles irgendwie viel zu schnell, denkt sie. Kaum hatte sie sich entschieden, aufs Internat zu gehen, waren die Ferien – wusch! – auch schon vorbei. Hat vielleicht irgendjemand auf einen Zeitbeschleunigungsknopf gedrückt?

Falls ja, könnte man gleich noch mal draufdrücken, denkt sie und kichert leise. Dann wäre das Jahr in null Komma nix rum und sie und Papa wären wieder zu Hause. Und alles wäre in Butter.

Das Mädchen neben ihr wirft ihr einen neugierigen Blick zu. Es ist ziemlich dünn und hat lange blonde Haare, die aussehen, als würden sie täglich mit mindestens hundert Bürstenstrichen auf Hochglanz gebracht.

Carlotta hört auf zu kichern und guckt angestrengt geradeaus. Sie hat jetzt schon Heimweh. Oder was ist das sonst für ein Kribbeln und Rumoren in ihrem Bauch? Ob Mama sie gleich wieder mit nach Hause nehmen kann? Papa hat doch gesagt, dass die ersten zwei Wochen im Internat Probewochen sind. Gilt das vielleicht auch für die ersten zwei Stunden? Nur mit Mühe kann Carlotta einen weiteren Seufzer unterdrücken.

Der Chor hat aufgehört zu singen. Herr Dr. Brönne und Frau Müller-Stürzelbach betreten die Bühne, begleitet von zwei Frauen und zwei Männern, die freundlich in die Runde blicken.

Ob das die Lehrerinnen und Lehrer sind? Carlotta rutscht ein Stückchen nach vorn und reckt den Hals.

„Ich werde jetzt eure Namen vorlesen und möchte euch bitten, zu uns auf die Bühne zu kommen, damit wir euch begrüßen können“, sagt Dr. Brönne. „Eure neuen Lehrerinnen und Lehrer werden euch anschließend zu den Zimmern begleiten. Eure Eltern und Geschwister haben in der Zwischenzeit Gelegenheit, sich ein wenig umzusehen und im Speisesaal einen kleinen Imbiss zu sich zu nehmen, bevor sie sich von euch verabschieden.“

Pling!, macht es irgendwo in Carlottas Kopf. Jetzt wird’s ernst!

In ihrem Magen grummelt es, in den Ohren hört sie ein leises Rauschen.

Als Dr. Brönne die ersten Namen vorliest, kommt Bewegung in die Sitzreihe. Nach und nach stehen die Mädchen und Jungen auf und schieben sich nach vorn. Sie klettern auf die Bühne, geben dem Internatsleiter die Hand und stellen sich neben ihn.

Als Dr. Brönne den Namen Sofie Beauchamps vorliest, streicht sich die Dünne neben Carlotta mit einer eleganten Bewegung die Haare aus der Stirn und steht auf. Sie wirft Carlotta einen scheuen Blick zu und murmelt ein leises „Pardon“, bevor sie nach vorn geht.

Es dauert eine ganze Weile, bis sich das Alphabet endlich dem Buchstaben P nähert. Die Stuhlreihe ist schon ziemlich gelichtet, und Carlotta wird immer nervöser.

„Carlotta Prinz“, liest Dr. Brönne schließlich vor.

Carlotta schluckt, als sie ihren Namen hört, und steht auf. Mit zittrigen Wackelpuddingknien schafft sie es irgendwie, auf die Bühne zu kommen und dem Direktor die Hand zu geben. Dann reiht sie sich in die Gruppe der Fünftklässler ein und versucht ihren Herzschlag zu beruhigen. Gleichzeitig holt sie tief Luft und zählt bis zehn, um die merkwürdigen Lichtpunkte zu verscheuchen, die vor ihren Augen tanzen.

Es dauert einen Moment, bis sie merkt, dass es viele kleine Scheinwerfer sind, die die Bühne ausleuchten. Sosehr sie auch blinzelt, die Lichtpunkte bleiben, wo sie sind. Unauffällig schiebt sie sich hinter einen schlaksigen Jungen, der einen Kopf größer ist als sie. Die blonde Sofie steht neben ihr, aber sie guckt blitzschnell zur Seite, als Carlotta ihr zulächelt.

Dann eben nicht, denkt Carlotta und würde gerne noch einmal seufzen.

Endlich sind alle Fünftklässler auf der Bühne versammelt. Dr. Brönne macht sie mit den Lehrern bekannt.

Carlotta und Sofie werden einer jungen Lehrerin vorgestellt. Sie hat kurze schwarze Haare und ein pfiffiges Gesicht. Carlotta findet sie auf Anhieb sympathisch, nur ihren Namen hat sie nicht richtig verstanden. Frau Eselbein? Das kann doch wohl nicht sein, oder?

„Frau Schmidtchen, Frau Heselein, Herr Frankenberg und Herr von Platen werden euch jetzt eure Zimmer und die Klassenräume zeigen“, sagt Dr. Brönne. „Sie sind eure Fachlehrer und werden euch durch die ersten Wochen und Monate begleiten. Herr Frankenberg ist gleichzeitig unser Unterstufenleiter. Herr von Platen ist Vertrauenslehrer. Falls ihr Fragen oder Probleme habt, wendet euch an ihn.“

Herr von Platen, ein älterer Mann mit grauen Haaren und einer schmalen Brille, nickt freundlich.

Dr. Brönne fährt fort: „Nachdem ihr eure Zimmer in Besitz genommen habt, könnt ihr euer Gepäck holen und euch von euren Familien verabschieden. Nach einem gemeinsamen Mittagessen im Speisesaal bekommt ihr eure Stundenpläne und Bücher und werdet mit unserem Freizeitangebot vertraut gemacht. Ihr werdet feststellen, dass Prinzensee eine Menge zu bieten hat.“

Carlotta hat aufmerksam zugehört. Frau Heselein heißt ihre Klassenlehrerin also. Obwohl ... Frau Eselbein wäre auch nicht schlecht gewesen. Sie kichert und fängt sich einen fragenden Blick von Herrn Dr. Brönne ein.

Carlotta wird knallrot und würde am liebsten auf der Stelle im Bühnenboden versinken. Sie ist froh, als der Internatsleiter seine Rede beendet und endlich das Zeichen zum Aufbruch gibt.

Im Blitzlichtgewitter zahlreicher Fotoapparate und unter dem Beifall der Eltern wandern die frischgebackenen Sextaner von der Bühne. Carlotta winkt Mama ein letztes Mal unauffällig zu, bevor sie mit den anderen in einem der langen Gänge verschwindet.

Sie fragt sich, was Papa wohl gerade macht. Ob er schon im Flugzeug sitzt? Und Katie? Sie hat versprochen, Carlotta jede Woche eine Tüte Gummibärchen zu schicken, als Notproviant und zum Fotografieren. Hoffentlich hält sie sich daran! Ob ihre Einschulungsfeier auch gerade zu Ende ist? Neben wem sie jetzt wohl sitzt? Sie wollen sich regelmäßig schreiben und so oft wie möglich miteinander telefonieren. Carlotta nimmt sich vor, gleich heute damit anzufangen. Vielleicht gibt es im Schloss irgendwo einen Computer, an dem sie hin und wieder E-Mails schreiben kann. Sie stapft hinter ihren neuen Mitschülern her und bezweifelt, dass sie hier jemals eine neue Freundin finden wird. Sofie ist die Einzige, deren Namen sie bisher kennt. Und ausgerechnet die ist total zickig und abweisend.

Hoffentlich kommen wir nicht zusammen in ein Zimmer, denkt Carlotta. Bloß das nicht!

Sie umrunden ein paar Ecken, gehen eine Treppe hinauf und bleiben schließlich in einem langen Gang stehen.

„Ihr habt Glück", sagt Frau Heselein lächelnd, „dass ihr so eine kleine Klasse seid. Nur 19 Schüler. Das heißt, wir kommen mit vier Vierer- und einem Dreierzimmer aus. Ich verteile die Zimmer jetzt. Mit den Jungs geht's los, davon haben wir nämlich nur acht." Sie zieht ein Blatt Papier aus der Tasche und liest die Namen und zwei Zimmernummern vor.

Mit verlegenem Grinsen treten die acht Jungs vor und nehmen die Zimmerschlüssel in Empfang.

„Eure Zimmer liegen im Jungentrakt, die ersten beiden Zimmer am Anfang des nächsten Flures", sagt Herr Frankenberg zu ihnen. „Ich bringe euch hin und zeige euch alles."

Frau Heselein wendet sich an die Mädchen. „Und nun zu euch, meine Damen …"

Carlottas Herz klopft zum Zerspringen. Genau wie die anderen hört sie gespannt zu und wartet darauf, dass ihr Name vorgelesen wird.

„Sofie Beauchamps, Manuela Bernberg und Carlotta Prinz", verkündet Frau Heselein. „Ihr bekommt Zimmer 128. Das ist das Dreierzimmer."

„Ist ja spitze", brummt ein stämmiges, rothaariges Mädchen.

Es tritt vor, nimmt Frau Heselein den Schlüssel aus der

Hand und mustert Carlotta. „Gehört das Internat deinen Eltern?“

„Wie bitte?“, fragt Carlotta.

„Du heißt Prinz mit Nachnamen“, sagt das Mädchen. „Prinz wie Prinzensee.“

„Ach so!“ Carlotta lacht. „Nee, das ist Zufall.“

„Keine Prinzessin also?“ Das rothaarige Mädchen kneift die Augen zusammen.

„Nein“, versichert Carlotta.

„Dann ist ja gut“, brummt Manuela.

Carlotta und Sofie wechseln einen kurzen Blick. Carlotta zuckt mit den Schultern.

Ohne ein weiteres Wort stapft Manuela voraus und schließt die Zimmertür auf.

„Na, super“, knurrt sie und wirft sich auf das erste Bett. „Hat ungefähr die Größe einer Besenkammer und riecht auch so ähnlich. Was dagegen, wenn ich das Bett hier nehme? Ich schlafe gerne neben der Tür. Ist eine Angewohnheit von mir und praktisch, wenn’s brennt.“ Sie verschränkt die Hände im Nacken, streckt die Beine lang aus und gähnt herzhaft. „Ach, noch was …“, brummt sie. „Nennt mich auf keinen Fall Manuela. Ich hasse meinen Namen.“

Carlotta und Sofie stehen unschlüssig an der Tür.

„Wie sollen wir dich dann nennen?“, fragt Carlotta mit gerunzelter Stirn.

„Manu von mir aus“, murmelt Manuela und klappt die Augen zu. „Oder sonst wie. Denkt euch was aus.“

Carlotta zieht die Augenbrauen hoch. Will die jetzt etwa ein Nickerchen machen?

Sie schaut sich im Zimmer um. Es ist mit hellen Möbeln gemütlich eingerichtet: drei Betten, drei Kleiderschränke, drei Schreibtische und drei halbhohe Regale, die das Zimmer so aufteilen, dass jedes Mädchen sein eigenes Reich hat. Gar nicht so übel. Die beiden Betten links und rechts neben dem Fenster sind noch frei.

„Welches möchtest du?“, wendet sie sich an Sofie.

Das dünne Mädchen hat bis jetzt noch kein einziges Wort gesprochen.

Hilfe, denkt Carlotta erschrocken. Hoffentlich ist die nicht stumm! Das Zimmer mit einem an Schlafkrankheit und schlechten Manieren leidenden rothaarigen und einem taubstummen blonden Mädchen zu teilen, ist nicht gerade das, was sie sich von ihrem unfreiwilligen Internatsleben erträumt hat.

„Ich nehme das Bett an der linken Seite“, sagt Sofie und streicht sich eine Haarsträhne hinters Ohr. „Ist das in Ordnung für dich?“

Carlotta stutzt. Stumm ist Sofie nicht, zum Glück, aber was ist das für ein merkwürdiger Akzent?

„Kommst du zufällig aus Frankreich?"

„Non." Sofie schüttelt den Kopf und legt ihr Handtäschchen auf das Bett. „Ich komme aus Belgique, aus einer kleinen Stadt bei Brüssel."

„Ach so", murmelt Carlotta. „Aus Belgien …"

Während Sofie einen Handspiegel aus ihrer winzig kleinen Handtasche zieht und ihre sorgfältig gezupften Augenbrauen einer eingehenden Kontrolle unterzieht, fängt Manuela Bernberg leise an zu schnarchen.

Na, toll! Carlotta verdreht die Augen und denkt an die zweiwöchige Probezeit. Wie soll sie es mit diesen beiden merkwürdigen Mädchen so lange aushalten? Eine schnarchende Miesepetrine und eine Schönheitskönigin. Und sie, Carlotta, mittendrin. Zusammengepfercht in einem Zimmer, das kaum größer ist als ihr Kinderzimmer zu Hause. Du meine Güte! Das kann ja heiter werden.

Sie setzt sich aufs Bett, starrt aus dem Fenster in den blühenden Park und wartet mit klopfendem Herzen auf die nächste Katastrophe.

Als Frau Heselein wenig später das Zimmer betritt, unterbricht Manu ihr melodisches Schnarchkonzert. Auch Sofie beendet das Studium ihres makellosen Teints und lässt den kleinen Spiegel blitzschnell in ihrem Handtäschchen verschwinden.

„Gefällt euch das Zimmer?“, erkundigt sich die Lehrerin. „Wenn ihr es erst mit euren persönlichen Dingen eingerichtet habt, werdet ihr euch bestimmt wohl fühlen.“

Mit einem abfälligen Grunzen verzieht Manu das Gesicht. Frau Heselein hebt eine Augenbraue.

„Bitte kommt jetzt mit nach unten“, sagt sie, „um euch von euren Familien zu verabschieden und euer Gepäck zu holen. Anschließend gehen wir zusammen in den Speisesaal und danach in euren Klassenraum. Ich bin übrigens nicht nur eure Klassenlehrerin und Fachlehrerin für Englisch und Religion, sondern auch eure Hausmutter. Falls ihr Sorgen, Probleme oder Fragen habt, kommt jederzeit zu mir. Meine Wohnung liegt am Ende des Flurs.“

Carlotta und Sofie nicken gleichzeitig.

Manu knurrt: „Muss ich auch mit runter? Meine Familie ist schon weg. Die haben mich und mein Gepäck hier in der Pampa ausgesetzt und sich gleich wieder verfatzt. Die hatten keinen Nerv auf eine tränenreiche Abschiedszeremonie.“

Frau Heselein runzelt die Stirn. „Das ist sehr schade“,

erwidert sie, „aber komm bitte trotzdem mit nach unten, Manuela. Wir wollen gemeinsam Mittag essen. Sicher möchtest du bei der Gelegenheit auch deine neuen Mitschüler kennenlernen?“

„Nö“, brummt Manu. „Da pfeif ich drauf. Lohnt sich auch gar nicht. Nächste Woche bin ich sowieso wieder weg.“ Sie wühlt sich umständlich aus ihrem Bett und gähnt, ohne sich die Hand vor den Mund zu halten.

Carlotta kann sehen, dass Frau Heselein sich nur mühsam beherrschen kann.

„Das werden wir sehen“, sagt die Lehrerin kühl. „Aber bis dahin hältst du dich bitte wie die anderen an die Hausordnung. Ich erwarte dich in fünf Minuten im Eingangssaal.“ Ohne ein weiteres Wort dreht sie sich um und verlässt das Zimmer.

Manu streckt ihr hinter ihrem Rücken die Zunge raus und murmelt: „Blöde Kuh!“

Manu und die Barbiepuppen

Mama weint beim Abschied. „Ach, Mäuschen …“, schnieft sie und drückt Carlotta an sich. „Wenn du es dir anders überlegst, ruf an. Du kannst jederzeit zu uns kommen, das weißt du. Steffen und ich würden uns sehr freuen. Und Lennart und Lorenz auch.“

Carlotta nickt und befreit sich aus der Umarmung. Sie findet Mamas Benehmen ein bisschen peinlich; immerhin stehen sie auf dem Schlossparkplatz und alle können sie sehen. Aber als sie sich umdreht, stellt sie fest, dass Mama nicht die Einzige ist, die Tränen vergießt. Fast an jedem Auto spielen sich mehr oder weniger dramatische und tränenreiche Abschiedsszenen ab. Nur Manu steht ganz allein auf der Schlosstreppe und beobachtet die anderen.

Die Ärmste, denkt Carlotta. Es muss traurig sein,

wenn die Eltern sich nicht richtig von einem verabschieden.

Mama reicht ihren Koffer, die Reisetasche und eine kleine Kiste mit Büchern aus dem Kofferraum. Carlotta gibt ihr einen Kuss.

„Tschüss, Mama. Grüß Lennart und Lorenz von mir. Steffen auch.“ Sie hievt sich die dicke Reisetasche über die Schulter und klemmt sich ihre Bücherkiste unter den Arm. Mit der freien Hand schnappt sie nach dem Koffergriff. Mama legt ein flaches, in buntes Papier eingewickeltes Geschenk oben auf die Bücherkiste und macht ein besorgtes Gesicht.

„Ist das ganze Gepäck nicht zu schwer für dich, Carlotta?“

„Nö, kein Problem“, schnauft Carlotta, während sie sich bemüht, unter dem Gewicht nicht in die Knie zu gehen. „Ich schaff das schon.“

Mama streicht ihr über die Wange und wischt sich eine letzte Träne aus dem Augenwinkel.

„In zwei Wochen ist schon Besuchstag“, sagt sie und steigt ins Auto. „Spätestens dann sehen wir uns wieder.“

„Ja, toll“, ächzt Carlotta. „Ich freu mich. Bis dann, gute Fahrt.“

Ihre Mutter startet den Motor und legt den ersten

Gang ein. Winkend rollt sie vom Parkplatz und reiht sich in die lange Schlange der abfahrenden Autos ein. Ein paar übermütige Väter hupen. Aus offenen Seitenfenstern kommen letzte Zurufe. Alle winken – bis auf Carlotta, die viel zu schwer bepackt ist und keine Hand frei hat.

„Na dann …“, murmelt sie und dreht sich um. „Auf geht's!“

„Das Gepäck stellt bitte erst einmal hier in den Flur“, sagt Frau Heselein. „Unser Hausmeister Herr Blum wird euch nachher helfen, es in eure Zimmer zu tragen. Und jetzt kommt mit. Es gibt Mittagessen im Speisesaal. Ihr seid sicher hungrig.“

Ein paar Mädchen und Jungen nicken, und auch Carlotta hört plötzlich ihren Magen knurren. Seit dem Frühstück hat sie nichts mehr gegessen, und das ist Stunden her. Neugierig folgt sie den anderen in den Speisesaal. Obwohl sie ihre Mitschüler während der Begrüßung in der Aula und bei der Zimmerverteilung gesehen hat, kann sie die Gesichter noch nicht auseinanderhalten. Und die Namen hat sie sich auch nicht alle gemerkt.

Als sie sieht, dass im Speisesaal noch mehr Mädchen und Jungen aus anderen Klassen herumwuseln, stöhnt sie auf. Wie soll sie die jemals alle auseinanderhalten?

Drei ältere Mädchen fallen ihr auf, die ganz in Schwarz gekleidet sind, und ein Junge in einem knallbunten T-Shirt. Er hat lange Rastalocken und ein bisschen Ähnlichkeit mit einem struppigen Hund.

„Die Unter- und Mittelstufe hat gemeinsame Essenszeiten“, erklärt Frau Heselein. „Die Oberstufenschüler essen später. Sucht euch einen Platz aus. Wir haben keine feste Sitzordnung. Zum Frühstück, Mittag- und Abendessen gibt es Selbstbedienungsbüfetts.“ Sie zeigt auf einen langen Tresen. Dahinter kann Carlotta die Küche sehen, in der emsig geschnippelt und in großen Töpfen gerührt wird. Frauen in weißen Hosen und T-Shirts füllen das Büfett auf. Ein leckerer Duft nach gebratenem Fleisch, Gemüse und frischen Kräutern zieht durch den Saal.

„All you can eat!“, ruft ein blonder Junge. „Ist ja fast wie Urlaub im Club Mediterranée!“

Alle lachen. Sogar Manu verzieht das Gesicht zu einem schiefen Grinsen.

„Solange du dich an die Essenszeiten hältst, Brendan“, lächelt Frau Heselein, „kannst du so viel essen, wie du magst. Es gibt verschiedene Gerichte zur Auswahl, auch Vollwertkost und vegetarisch. Und falls ihr zwischendurch Hunger bekommt, haben wir einen kleinen Kiosk, an dem es Brötchen, Obst, Kuchen und Süßigkeiten gibt.

Außerdem bekommt ihr dort Handykarten, Füllerpatronen, Schreibhefte und alles andere für den Notfall. Aber jetzt bedient euch. Guten Appetit."

Alle laufen durcheinander, schnappen sich Tabletts und Besteck und suchen sich einen Platz.

Carlotta geht einfach hinter den anderen her, reiht sich in die Schlange ein und lässt sich von einer Köchin den Teller mit Braten, Kroketten, grünen Bohnen und Soße füllen.

Als sie sich umdreht, sind fast alle Tische schon besetzt. Sie will sich gerade auf den letzten freien Platz am Ende eines langen Tisches schieben, als sie sieht, dass Sofie ganz allein an einem Fensterplatz sitzt.

„Was soll's", murmelt Carlotta und schiebt sich durch die Reihen. „Immerhin wohnen wir zusammen."

Sie lächelt Sofie zu, aber die verbirgt ihr Gesicht hinter einem Vorhang aus schimmernden Haaren und schaut kaum auf. Auf ihrem Teller liegen ein paar Salatblätter und eine halbe Tomate. In ihrem Glas perlt Mineralwasser. Hinter Carlotta summt jemand die Melodie aus der Diätwerbung: „Ich will so bleiben, wie ich bin …"

Carlotta dreht sich um. Vor ihr steht Manu und grinst. Ihr Tablett ist bis zum Gehtnichtmehr beladen.

„Noch ’n Plätzchen frei?“, fragt sie und setzt sich, ohne eine Antwort abzuwarten.

Carlotta grinst zurück. „Klar!“

Während Sofie in ihrem Salat stochert, stopft Manu sich die Ohrstöpsel ihres MP3-Players in die Ohren und dreht das kleine Gerät auf volle Lautstärke.

Carlotta fragt sich, warum sie überhaupt Ohrhörer benutzt. So laut, wie die Musik dröhnt, kann man sie auch ohne hören.

Am Nachbartisch stecken zwei blonde Mädchen die Köpfe zusammen und tuscheln miteinander. Über die Schultern mustern sie Manu, Sofie und Carlotta und fangen an zu kichern.

Manu bemerkt die Blicke der beiden. „Aus welcher Barbie-Packung seid ihr denn geklettert?“, fragt sie so laut, dass alle es hören können.

An den Nebentischen verstummen die Gespräche. Carlotta hält die Luft an. Hat Manu denn nicht mitbekommen, dass die beiden Mädchen in ihre Klasse gehen? Sie waren in der Aula und bei der Zimmerverteilung dabei. Wenn Carlotta sich richtig erinnert, heißen sie Nadine und Simone.

Grinsend widmet sich Manu wieder ihrem Essen und stampft zum Takt der Musik mit den Füßen.

Die Mädchen am Nachbartisch reißen empört die Augen auf. Die eine will gerade etwas erwidern, als sich ihr Handy mit einem melodischen Klingeln bemerkbar macht. Sie zieht es aus einem pinkfarbenen Gürteltäschchen und nimmt das Gespräch entgegen, woraufhin ihre Nachbarin ebenfalls ihr Handy aus der Tasche zaubert, um es auf eingegangene SMS zu überprüfen.

Frau Heselein sitzt mit den anderen Lehrern an einem langen Extratisch und wirft den Mädchen und ihren strassbesetzten Telefonen einen kritischen Blick zu.

„Nadine und Simone, bitte schaltet eure Telefone aus“, sagt sie streng, „und lasst sie künftig auf euren Zimmern. Handys und andere elektronische Kleingeräte wie CD- und MP3-Player sind eure Privatsachen. Die haben im Schulbetrieb nichts zu suchen. Das gilt übrigens für alle.“

Nadine spricht hastig in ihr Handy, bevor sie es zuklappt und Frau Heselein mit einem beleidigten Stirnrunzeln bedenkt. Auch Simone steckt ihr Handy schnell in die Tasche zurück und setzt eine unschuldige Miene auf. Nur Manu, die wegen der Lautstärke ihrer Rockmusik nichts von Frau Heseleins Ansprache mitbekommen hat, schaufelt fröhlich Gabel für Gabel ihres Mittagessens in sich hinein.

„Ich glaub, sie meint dich“, flüstert Carlotta ihr zu, aber Manu reagiert nicht. Unter dem Tisch gibt Carlotta ihr einen kleinen Tritt.

„Aua, Mann!“, blafft Manu sofort. „Bist du bescheuert, oder was?“

„Manuela, bitte!“, ruft Frau Heselein.

„Was denn?“, fragt die zurück.

Carlotta macht ihr hektische Zeichen, dass sie die Ohrstöpsel herausnehmen soll, aber es dauert eine ganze Weile, bis Manu versteht, was sie von ihr will.

„Wozu der Stress?“, knurrt sie unwillig, nimmt aber endlich die Stöpsel heraus und dreht den Miniplayer aus.

„Hier ist Musikhören und Telefonieren verboten“, raunt Carlotta ihr zu. „Hat Frau Eselbein gerade verkündet!“

Manu stutzt kurz, dann prustet sie los. „Schon kapiert, alles klar. Ich vergess ständig, dass wir hier nicht in einer normalen Schule sind, sondern in einer Elite-Anstalt für Schöne und Reiche.“ Sie grinst Nadine und Simone an.

„Fragt sich nur, was du dann hier verloren hast“, zischt Nadine postwendend zurück.

„Das frag ich mich auch.“ Manu schiebt ihren leeren Teller beiseite und steht auf. „Aber mach dir keine Sorgen, Barbie. Ich bleib nicht lange.“

Immer noch grinsend schiebt sie sich durch die Reihen und verlässt den Speisesaal. Ein paar Jungs grölen ihr hinterher und applaudieren. Manu dreht sich kurz um und verneigt sich.

Meine Güte, die hat Nerven, denkt Carlotta. Was sie wohl damit meint, dass sie nicht lange hierbleibt? Das war jetzt schon das zweite Mal, dass sie es gesagt hat. So, wie sie sich benimmt, riskiert Manu glatt einen Rauswurf, bevor die Probezeit vorbei ist. Ob es das ist, was sie erreichen will? Rausgeworfen und nach Hause geschickt zu werden? Nachdenklich stellt Carlotta ihr Geschirr zusammen und bringt das Tablett zur Geschirrabgabe neben der Küche. Frau Heselein hat gesagt, dass sie sich nach dem Essen im Foyer des Schlosses versammeln sollen. An Sofie, die immer noch am Tisch sitzt, denkt sie gar nicht mehr.

Nach kurzem Zögern springt Sofie auf und bringt ebenfalls ihr Tablett weg. Wenig später huscht sie auf leisen Sohlen hinter Carlotta her, ohne dass die es bemerkt.

Der Rest des Tages verläuft zu Carlottas Erleichterung ohne weitere nennenswerte Zwischenfälle. Frau Heselein führt sie in den Klassenraum, verteilt Stundenpläne, Bücher und die Hausordnung sowie eine lange Liste der verschiedenen Freizeit-AGs.

„Ihr habt zwei Wochen Zeit, um euch verbindlich für eine Arbeitsgemeinschaft anzumelden“, sagt sie. „Bis dahin dürft ihr in die verschiedenen Kurse hineinschnuppern, um auszuprobieren, was euch am meisten liegt.“

„Muss man da unbedingt mitmachen?“, fragt Manu, ohne die Liste eines Blickes gewürdigt oder sich gemeldet zu haben. „Mich interessiert dieser Freizeitkram nicht die Bohne, und außerdem lohnt es sich auch gar nicht für mich.“

„Ach ja, du bist ja gar nicht so lange hier“, flötet Nadine und fügt ein gemurmeltes „Gott sei Dank!“ hinzu.

„Stimmt genau, Barbie“, gibt Manu zurück.

Die Jungs lachen.

„Die Teilnahme an mindestens einer AG ist Pflicht“, fährt Frau Heselein fort, ohne auf das Geplänkel zu achten. „Es wird erwartet, dass ihr euch entsprechend engagiert und einbringt.“

Carlotta mustert die lange Liste. Es sind wirklich tolle Sachen dabei: Reiten, Segeln, Computer, Töpfern, Hockey und vieles mehr.

„Was machst du?“, fragt sie Sofie.

Die Belgierin schüttelt den Kopf und seufzt. „Ich weiß nicht. Ich denke, irgendetwas mit Musik.“ Sie spricht es Müsiek aus, und Carlotta muss grinsen.

„Spielst du ein Instrument?“

Sofie nickt. „Oui, Klavier und Klarinette.“

„Toll“, meint Carlotta. Sie selbst ist total unmusikalisch. Die Blockflöte, die Oma ihr vor zwei Jahren zu Weihnachten geschenkt hat, staubt in einer Schreibtischschublade vor sich hin, nachdem Carlotta ihr nur schiefe Töne entlocken konnte. Notenlesen ist nicht gerade ihre Stärke.

Manu hat ihre Liste zusammengerollt und benutzt sie als Fernrohr. Zwecklos, sie zu fragen, welche AG sie nimmt. Wie es der Zufall – oder das Schicksal? – will, sitzt Carlotta genau zwischen ihr und Sofie, wobei Manu darauf bestanden hat, den Platz am Fenster zu bekommen.

„Falls es mal brennt“, hat sie gebrummt und den Fensterplatz mit Beschlag belegt.

Carlotta ist es ziemlich egal, wo sie sitzt. Hauptsache, nicht zwischen Nadine und Simone, die ständig die Köpfe zusammenstecken und kichern und tuscheln. Worüber die wohl die ganze Zeit reden? Bestimmt über Mode und Kosmetik und solche Sachen, denkt Carlotta.

Beide Mädchen tragen auffallend teure Markenklamotten, sind geschminkt und wirken viel älter als die anderen aus der Klasse. Außerdem scheinen sie sich schon gut zu kennen. Carlotta nimmt sich vor, ihnen so gut es geht aus dem Weg zu gehen. Die sind ihr viel zu affig.

Zum Glück scheinen die anderen aus der Klasse ganz nett zu sein, besonders die Jungs. Brendan macht einen lustigen Eindruck und erzählt ständig Witze. Er hat einen auffälligen Akzent, aber anders als Sofie. Wo er wohl herkommt?

Carlotta findet alles unheimlich spannend und hat darüber fast vergessen, dass sie doch eigentlich traurig sein und Heimweh haben sollte. Komisch, seit sie sich von Mama verabschiedet hat, hat sie überhaupt nicht mehr an zu Hause gedacht.

Kein Wunder, denkt sie. Hier hat man irgendwie ständig was um die Ohren. Ob das so bleibt?

Als sie abends in ihrem Bett liegt, ist sie von der Existenz eines Zeitbeschleunigungsknopfes überzeugt. Wie sonst kann es sein, dass sie den ersten Tag im Internat schon hinter sich hat?

Es war spannend und aufregend zugleich, und Carlotta hat das Gefühl, als würde sich ihr Gehirn entgegen dem Uhrzeigersinn im Kreis drehen. So viele neue Eindrücke – das muss man erst mal verkraften!

Das Geschenk von Mama zum Abschied ist ein hübsch

gerahmtes Foto von der ganzen Familie. Carlotta stellt es auf ihren Nachttisch und zwinkert den Zwillingen müde zu, bevor sie ihr Buch zuklappt und das Licht ausmacht.

Sofie scheint schon zu schlafen. Nur Manu liegt noch wach auf ihrem Bett. Sie liest im Schein einer Taschenlampe in einem Buch, mampft einen Schokoriegel nach dem anderen und lässt das Einwickelpapier zu Boden segeln, wo es sich zu drei verschiedenfarbigen Socken, einer leeren Chipstüte und einer umgekippten Colaflasche gesellt. Die Musik aus ihrem MP3-Player ist so laut, dass Carlotta sich die Decke über die Ohren ziehen muss, um sie nicht mehr zu hören.

„Gute Nacht", sagt sie leise. Keine Reaktion. „Gute Nacht!", wiederholt sie lauter.

„Nacht!", ruft Manu zurück. Von Sofie kommt nur ein leises Seufzen.

Bevor Carlotta sich überlegen kann, ob sie Manu bitten soll, die Musik leiser zu stellen, ist sie schon eingeschlafen.

Wiedersehen mit Huckleberry Finn

„Wusstet ihr schon, dass jeder Deutsche im Schnitt 11,6 Kilogramm Schokolade im Jahr isst?“ Manu liegt auf ihrem zerwühlten Bett, wickelt eine Tafel Vollmilch-Nuss aus und betrachtet sie liebevoll von allen Seiten.

„Mon Dieu!“, ruft Sofie. „Bin ich froh, keine Deutsche zu sein! Ich mag kein Schokolade.“

„Nee, klar“, grinst Manu. „Du bleibst lieber so ’n dürres Klappergestell, was?“

Sofie schnappt sofort ein und verschwindet hinter ihren langen Ponyfransen, wie immer, wenn jemand eine Anspielung auf ihre überschlanke Figur macht.

Carlotta kichert. Manu unternimmt wirklich alles, um die Schokoladenstatistik nach oben zu treiben. Schokolade scheint ein Grundnahrungsmittel für sie zu sein.

„Du kannst meinen Jahresanteil gerne mitessen“, bietet sie großzügig an. „Ich steh mehr auf Gummibärchen und Lakritz."

„Mag ich auch", gibt Manu zu, bevor sie krachend in die Schokoladentafel beißt. „Aber Schokolade ess ich am liebsten."

Die Mädchen haben eine Freistunde, die sie zum Lesen und Briefeschreiben nutzen oder – wie Manu – zum Naschen und Faulenzen.

Die ersten Tage auf Schloss Prinzensee sind wie im Flug vergangen. Carlotta weiß gar nicht, wo die Zeit geblieben ist. An den Tagesablauf im Internat hat sie sich inzwischen gewöhnt. Jeden Morgen um Punkt sieben Uhr klingelt ihr Wecker. Kurz darauf macht Frau Heselein einen Rundgang durch alle Zimmer, um zu kontrollieren, ob auch wirklich alle wach sind. Dann geht es in den Waschraum. Zuerst kam es Carlotta ein bisschen komisch vor, sich zwischen all den wildfremden Mädchen zu waschen, sich die Zähne zu putzen und sich anzuziehen, aber mittlerweile findet sie es ganz normal.

Nach dem Frühstück fängt der Schulunterricht an, der bis zum Mittag geht. Das Mittagessen ist der Höhepunkt des Tages, danach ist eine Stunde Pause. Die Schüler verbringen sie mit Stillarbeit in ihren Zimmern, im Aufenthaltsraum oder bei gutem Wetter im Park, bevor es mit dem Nachmittagsunterricht und den AGs weitergeht.

Erst nach dem gemeinsamen Abendessen beginnt die Freizeit, die sie selbst gestalten können, bis es um halb zehn zur Bettruhe läutet.

Obwohl ihr ganzes Leben sich verändert hat und auch der Unterricht anders abläuft, als sie es von ihrer alten Schule kennt, findet Carlotta sich gut zurecht. Ihre Klasse lernt in kleinen Gruppen und arbeitet viel auf eigene Faust. Das soll die Selbstständigkeit fördern, hat Frau Heselein gesagt. Carlotta findet das ziemlich cool.

Sie sitzt an ihrem Schreibtisch und knabbert an ihrem Füller. Ein kurzer Brief an Mama ist schon fertig. Eigentlich lohnt es sich gar nicht, ihn abzuschicken, überlegt sie. Übermorgen ist schon Besuchstag. Da wollen Mama, Steffen und die Zwillinge nach Prinzensee kommen. Sie wirft einen Blick auf den Kalender, der über ihrem Schreibtisch hängt, und staunt. Ist sie wirklich schon zwei Wochen in Prinzensee? Unglaublich!

Papa hat ihr vor ein paar Tagen eine E-Mail aus Südafrika geschickt. Weiter weg geht's kaum, denkt Carlotta. Er ist in Johannesburg angekommen, dem ersten Ziel seiner Reise, wo er und sein Team Fahrzeuge und Vorräte einkaufen müssen, bevor sie weiterreisen. Er ist sehr neugierig, wie es Carlotta geht, und hat ihr versprochen, sich so schnell wie möglich wieder zu melden. Dann wahrscheinlich aus dem berühmten Krüger-Nationalpark.

Carlotta seufzt. Wie gerne würde sie jetzt mit ihm unterwegs sein! Südafrika, Johannesburg, Krüger-Nationalpark – allein die Namen genügen schon, um ihr Fernweh zu wecken. Zum Glück stehen in der Internatsbücherei genügend Computer mit Internetzugang. Carlotta hat ihrem Vater sofort geantwortet und im Anhang ein Foto von sich und ihrer Klasse mitgeschickt, damit Papa sehen kann, dass es ihr gut geht. Ein Fotograf hat das Bild während der Aufnahmefeier gemacht. Es ist ziemlich gut gelungen. Carlotta hat einen Abzug davon an ihre Pinnwand gesteckt. Gleich daneben hängen eine witzige Hundepostkarte von Katie und ein Gummibärchenfoto mit dem Schloss im Hintergrund.

Sie nimmt ein neues Blatt Papier und fängt einen Brief an die Freundin an:

Hi, Katie!
Wie geht es Dir? Mir geht's ganz gut. Vielen Dank für die Postkarte mit dem süßen Hund!

Carlotta lässt den Füller sinken. Sie hat vorgestern erst ausführlich mit Katie telefoniert und ihr den neuesten Internatstratsch berichtet. Im Gegenzug hat Katie ihr erzählt, wie es in ihrer neuen Schule ist, dass sie neben einem Mädchen namens Pia sitzt und dass die Lehrer alle doof sind, bis auf Herrn Semmelmann, ihren Biolehrer.

Carlotta überlegt angestrengt, bevor sie weiterschreibt:

Der Junge aus meiner Klasse, von dem ich Dir erzählt hab (du weißt schon: Brendan), kommt aus Australien. Wahnsinn, oder? Hier kommen viele aus anderen Ländern. Ganz schön interessant, finde ich, obwohl ich noch nicht alle kennengelernt hab. Na, das wird sich hoffentlich noch ändern. Probleme mit der Sprache gibt's nicht, weil die alle schon Deutsch als Fremdsprache gelernt haben. Echt praktisch.
Dass Du jetzt neben Pia sitzt, ist in Ordnung. Hauptsache, sie macht Platz, wenn wir im nächsten Schuljahr nebeneinander sitzen.
Für eine AG hab ich mich immer noch nicht entschieden. Übermorgen ist der letzte Tag. Wenn ich mir dann noch nichts ausgesucht hab, werde ich irgendwo reingestopft, ob ich will oder nicht.

Sofie geht in die Musik-AG, Manu hat sich für Reiten eingetragen. Sie hat erzählt, dass sie zu Hause Pferde haben. Wo sie herkommt, weiß ich immer noch nicht. Sie will nicht darüber reden. Scheint so was wie ihr Geheimnis zu sein. Komisch, oder?
Überhaupt ist Manu ziemlich merkwürdig. Manchmal ist sie richtig nett und im nächsten Moment dann wieder total mies drauf. So was von launisch, echt! Mit den Lehrern kriegt sie sich regelmäßig in die Wolle. Sie vergisst ihre Hausaufgaben, verstreut überall ihren Müll und ihre Klamotten und hat null Respekt vor niemandem. Leider hat sie es nicht geschafft, während der Probezeit vom Internat zu fliegen, obwohl sie sich echt Mühe gegeben hat. Aber Frau Eselbein hat neulich erzählt, dass man auch nach der Probezeit noch jederzeit fliegen kann. Manu hat also noch beste Chancen.
Und Sofie? Die hängt mit ihrer Nase entweder vor dem Spiegel oder in einer Modezeitschrift und spricht kaum ein Wort. Geniale Zimmernachbarinnen, was?

Ein Gong ertönt und erinnert daran, dass die Freistunde zu Ende ist. Carlotta beendet schnell ihren Brief.

Mist, ich muss aufhören. Wir haben jetzt Sport beim Spargel, stöhn ... Bis bald, schreib zurück! Und schick mir neue Gummibärchen!!
Hdgdl, Carlotta

Hastig faltet sie den Brief zusammen und stopft ihn in den Umschlag. Auf dem Weg zur Sporthalle kann sie ihn gleich in den Postkasten werfen, der neben dem Sekretariat hängt und einmal täglich geleert wird. Wenn sie sich beeilt, wird der Brief heute noch mitgenommen. Dann hat Katie ihn morgen schon.

Als es zum zweiten Mal gongt, schnappt sie sich ihre Sporttasche und flitzt hinter den anderen her.

Alles an Herrn Dunker, ihrem Sportlehrer, ist lang und dünn, weshalb die Schüler ihn liebevoll „den Spargel" nennen. Eine viel zu große weinrote Trainingshose umflattert seine Beine, während er wie ein Storch vor der Fünften hin und her stolziert und den mehr oder weniger aufmerksam zuhörenden Mädchen und Jungen die richtige Hochsprungtechnik zu vermitteln versucht.

Wegen des sommerlichen Wetters findet der Unterricht im Freien auf der großen Sportanlage statt. Vom See weht ein leichter Wind herüber. Carlotta blinzelt in die Sonne. Ihrem Lehrer hört sie gar nicht richtig zu.

„Ob der seine T-Shirts in der Kinderabteilung kauft?", raunt Manu ihr zu.

Carlotta kichert und flüstert zurück: „Bestimmt! Nur die Schuhe kriegt er da nicht." Sie zeigt auf die Sportschuhe des Spargels, die gewisse Ähnlichkeit mit zu lang geratenen Tretbooten haben. „Der hat mindestens Schuhgröße 48!"

„Carlotta Prinz", sagt Herr Dunker. Er bleibt vor ihr stehen, wippt mit seinen Tretbooten auf und ab und lächelt. „Wärst du so freundlich?"

„Äh, ich?", stammelt Carlotta und wird rot. „Was denn?"

Nadine und Simone kichern. Sofie versteckt sich hinter Manus breiten Schultern und versucht sich unsichtbar zu machen.

Herr Dunker zeigt auf die Hochsprunganlage. „Würdest du uns bitte zeigen, wie ein korrekt ausgeführter Fosbury-Flop auszusehen hat?"

Carlotta hat das Gefühl, als würde ihr Kopf in einem

Backofen stecken. Ihr Gesicht brennt, und sie ist ziemlich sicher, dass ihre Wangen dem Farbton überreifer Tomaten sehr nahe kommen. Sie schluckt. „Äh, muss ich unbedingt? Ich mein, ich … hab gerade nicht aufgepasst."

„Carlotta, wir machen seit drei Sportstunden nichts anderes als Hochsprung", sagt Herr Dunker und schüttelt traurig den Kopf.

„Ja, ich weiß", gibt Carlotta zu. „Ich mein ja auch nur, es ist irgendwie nicht so meine Disziplin."

Herr Dunker tritt einen Schritt zurück und deutet wortlos auf die Hochsprungmatte und die Stange in der Halterung. Sie liegt so hoch, dass Carlotta kurz darüber nachdenkt, einfach unter ihr hindurchzuspazieren und eine Sechs zu riskieren.

Herr Dunker wippt ein bisschen ungeduldiger.

„Bitte, Fräulein Prinz", seufzt er. „Wenn es geht, heute noch!"

Brendan, Felix und ein paar andere Jungs lachen. Falls es möglich wäre, würde Carlotta noch einen Tick röter werden, aber das ist so gut wie ausgeschlossen.

„Na gut …", seufzt sie. „Wenn's sein muss!"

Als sie Anlauf nimmt, denkt sie noch kurz an die Blamage, die ihr unmittelbar bevorsteht, aber dann liegt sie schon auf der dicken Matte hinter der haushohen

Stange und staunt über sich selbst. Irgendwie ist sie darübergekommen. Und die Stange liegt noch in der Halterung!

Manu und Sofie applaudieren, die Jungs johlen und pfeifen, und Herr Dunker macht ein zufriedenes Gesicht. „Geht doch", sagt er.

Grinsend stellt Carlotta sich in die Reihe zurück und wartet darauf, dass ihr Puls sich wieder normalisiert.

Puh, denkt sie. Das war gar nicht mal schlecht!

„Bleibst du bitte nach der Stunde kurz da?", fragt Herr Dunker beiläufig. „Ich würde gern mit dir über eine AG sprechen."

„Ja, klar." Carlotta nickt. Als der Lehrer sich umdreht, runzelt sie die Stirn. Der Spargel will sie doch hoffentlich nicht in die Hochsprung-AG stecken, nur weil sie einmal mit Glück und reichlich Rückenwind über die Stange gekommen ist?

Kommt gar nicht in die Tüte, denkt Carlotta. Lieber mach ich Wettkampf-Mikado!

„Du weißt sicher, dass dein Vater ein sehr erfolgreicher Ruderer in unserer Schulmannschaft war?", fragt Herr Dunker.

Der Großteil der Klasse ist nach der Stunde schon auf

dem Weg zum Mittagessen, während eine kleine Gruppe noch die Hochsprunganlage aufräumt.

Carlotta steht mit dem Sportlehrer neben der Tartanbahn und guckt zu ihnen hinüber. Sie nickt zerstreut. „Klar, er hat's mir mal erzählt."

„Leider habe ich ihn damals nicht trainiert, das war vor meiner Zeit. Aber du weißt vielleicht, dass ich jetzt die Ruder-AG leite?", fragt Herr Dunker weiter.

„Nein", antwortet Carlotta.

Herr Dunker kratzt sich am Kopf. „Hast du dich schon für eine AG entschieden?"

Wieder antwortet Carlotta mit Nein, während sie sich fragt, worauf dieses merkwürdige Frage-und-Antwort-Spiel wohl hinauslaufen soll. Kann er nicht einfach zur Sache kommen?

„Hättest du vielleicht Lust, in die Fußstapfen deines Vaters zu treten?" Der Spargel macht einen eleganten Ausfallschritt mit seinen Tretbooten und mustert Carlotta von unten bis oben. „Du bist recht groß für dein Alter und sehr schlank. Du hast genau die richtige Figur fürs Rudern. Wenn du dazu noch das Talent deines Vaters geerbt hast …" Er spricht nicht weiter.

Carlotta zieht die Nase kraus.

„Ich bin aber noch nie gerudert", sagt sie.

„Außer, als mein Vater mit mir mal in so einem Freizeitpark Kanu gefahren ist. Aber das zählt wohl nicht."

Herr Dunker lacht. „Wohl nicht. Aber das macht nichts. Du würdest sowieso zuerst in die Anfängergruppe kommen, bis wir sehen, wie du dich entwickelst und mit dem Boot zurechtkommst. Schwimmen kannst du doch?"

„Na klar, ich hab das silberne Schwimmabzeichen!"

„Sehr schön. Dann komm doch morgen Nachmittag um drei zum Bootshaus. Du weißt, wo das ist?"

Carlotta nickt. „Angucken kann ich's mir ja mal."

„Prima!" Herr Dunker gibt ihr die Hand. „Ich freu mich. Bis morgen!"

Nachdenklich packt Carlotta ihre Sportsachen zusammen und schlendert durch den Park zum Schloss. Ein bisschen überrumpelt fühlt sie sich schon, aber andererseits … Sie muss sich sowieso für eine AG entscheiden. Warum also nicht Rudern? Was Papa wohl dazu sagt? Sie kichert leise vor sich hin. Dass ihr auf dem schmalen Fußweg jemand entgegenkommt, bemerkt sie erst, als sie unsanft mit diesem Jemand zusammenprallt.

„Hey, pass doch auf!", wird sie von einem Jungen angeraunzt.

„Pass doch selber auf!“, raunzt sie zurück.

Sie starrt den Jungen an. Der Junge starrt zurück. Dann grinst er breit.

„Hey, was machst du denn hier?“, fragt er und entblößt einen abgebrochenen Schneidezahn. „Ist etwa schon wieder Schnösel-Tag?“

Carlotta grinst auch. Vor ihr steht Huckleberry Finn alias Jonas. Er sieht genauso aus wie bei ihrer ersten Begegnung am See. Sogar die zerfetzte Jeans und das blau-weiß geringelte T-Shirt hat er wieder an!

„Ich wohn jetzt hier“, sagt sie und zeigt aufs Schloss.

„Echt? Ist ja krass!“ Jonas reißt seine himmelblauen Husky-Augen auf. „Und? Wie isses so?“

„Na ja, ich bin erst seit zwei Wochen hier“, meint Carlotta, „aber es geht. Ich hab’s mir jedenfalls schlimmer vorgestellt.“

„Ist ja krass!“, wiederholt Jonas. Er fährt sich mit fünf Fingern durch die Haare und grinst noch breiter.

Carlotta sieht, dass er einen Schulrucksack auf dem Rücken trägt. „Gehst du hier im Internat zur Schule? In welcher Klasse bist du denn?“, fragt sie neugierig.

„Ich? Hier? Im Leben nicht!“, ruft Jonas. „Ich bin in der Sechsten, aber ich geh in der Stadt aufs Gymnasium. Da muss ich zwar jeden Tag mit dem Bus hinfahren, aber wenigstens komm ich mal raus. Nervt es dich nicht, rund um die Uhr hier eingepfercht zu sein?“

„Bis jetzt noch nicht“, sagt Carlotta ehrlich.

„Na“, lacht Jonas. „Der Lagerkoller kommt noch, garantiert!“

Vom Schlossturm erklingt die Mittagsglocke. „Upps, ich muss los! Sonst krieg ich kein Mittagessen mehr.“

„Ich auch!“ Carlotta lächelt Jonas zu und trabt schon los. „Wir sehen uns bestimmt bald mal wieder!“, ruft sie und winkt.

„Logo!“, ruft Jonas zurück. „Hier läuft man sich andauernd über'n Weg! Geht ja gar nicht anders“, fügt er noch hinzu.

„Manuela, du hast jetzt bereits zum vierten Mal keine Hausaufgaben gemacht. Gibt es dafür eine plausible Erklärung oder, noch besser, vielleicht sogar eine Entschuldigung?“ Frau Dorsch, Fachlehrerin für den Nachmittagsunterricht in Deutsch und Geschichte, steht vor Manus Platz, pocht mit einem Finger auf die Tischplatte und wartet auf eine Antwort.

Manu gähnt hinter vorgehaltener Hand. „Nicht wirklich“, sagt sie gelangweilt. „Eher nicht.“

Frau Dorsch macht ihrem Namen alle Ehre und schnappt nach Luft wie ein Fisch auf dem Trockenen. Dann dreht sie sich um, marschiert mit kurzen Schritten zum Lehrerpult und zieht das Klassenbuch zu sich heran.

„Wie ich sehe, hast du schon einige Einträge, Manuela“, sagt sie frostig. „Es dürfte dir bekannt sein, dass wir von unseren Schülern ein gewisses Maß an Engagement, Verantwortungsbewusstsein und Mitarbeit erwarten. Auch eure Eltern erwarten das. Sie bezahlen viel Geld für eure Ausbildung.“ Schwungvoll setzt sie einen weiteren Eintrag hinter Manus Namen.

„Mir doch egal!“, sagt Manu laut. „Ich hab nicht darum gebeten, hier zu sein!“

Alle fahren erschrocken herum. Sogar Nadine und Simone vergessen zu tuscheln und starren die Mitschülerin an.

Mit einem lauten Knall klappt Frau Dorsch das Klassenbuch zu. „Ich werde Dr. Brönne informieren“, sagt sie. „Bitte melde dich nach der Stunde im Sekretariat und lass dir für morgen einen Termin beim Direktor geben.“

„Aber gerne doch“, grinst Manu.

Carlotta überlegt, ob sie der Zimmernachbarin unter dem Tisch einen Tritt geben soll, um sie zur Vernunft zu bringen, aber sie lässt es lieber bleiben. So, wie Manu gerade drauf ist, flippt sie womöglich komplett aus.

Mannomann, denkt Carlotta und versenkt die Nase im Deutschbuch. Was ist denn in die gefahren?

„Was ist denn in dich gefahren?“, fragt Brendan in der großen Pause. Er steht vor Manu und bietet ihr die Hälfte seines Müsliriegels an. „Bisschen unterzuckert, was?“

Manu schlägt seine Hand mit dem Müsliriegel weg und faucht ihn an: „Lass mich bloß in Ruhe!“

Brendan zieht die Augenbrauen zusammen und dreht sich wortlos um.

„Mensch, Manu …“, versucht Carlotta sie zu beruhigen. „Brendan hat dir doch gar nichts getan. Er hat’s doch nur gut gemeint.“

„Weiß ich selbst, stell dir vor!“, zischt Manu.

Carlotta sieht, dass sie Tränen in den Augen hat, und würde ihr gerne helfen, aber Manu wirft ihr einen so wütenden Blick zu, dass sie zurückzuckt. Auch Sofie, die Manu aufmerksam beobachtet hat, wendet sich schnell ab.

Du meine Güte, denkt Carlotta. Jetzt ist die Stimmung in unserem Zimmer ganz im Eimer. Ob man hier auch Einzelzimmer beantragen kann? Für den Notfall? Schön wär's!

Fliegende Socken und jede Menge Zickereien

Den Nachmittag verbringt Carlotta vorsichtshalber an einem der Computer in der Schulbibliothek. Sie verspürt weder Lust auf Manus Muffeligkeit noch auf Sofies Schweigsamkeit. Lieber schreibt sie Mails an Papa und Katie und surft ein bisschen im Internet.

An den Wänden der Bibliothek hängen Ölgemälde und Stiche, die zeigen, wie Schloss Prinzensee früher ausgesehen hat. Viel hat sich nicht verändert, stellt Carlotta fest. Auf Prinzensee scheint die Zeit stehengeblieben zu sein. Fast, als wäre es ein verwunschener Ort.

In den deckenhohen Regalen ringsherum stehen unzählige Bücher – neue, alte und sehr alte. Die besonders wertvollen antiquarischen Exemplare stehen in Vitrinen hinter Glas. Den Schlüssel dazu verwahrt Dr. Brönne persönlich.

Carlotta fühlt sich wohl zwischen all den schönen Bildern und Büchern. Besonders, weil hier nur geflüstert werden darf.

Bestimmt ist es der stillste Ort im ganzen Internat, denkt sie.

Aber leider schließt die Bücherei schon ziemlich früh, und bis zum Abendessen dauert es noch ein Weilchen. Nach zwei Stunden bleibt Carlotta nichts anderes übrig, als sich auf den Weg zu ihrem Zimmer zu machen.

Als sie die Tür aufmacht, traut sie ihren Augen kaum. Es sieht es aus, als wäre etwas explodiert. Überall auf dem Fußboden liegen Sachen verstreut: Kleidungsstücke, Bücher, Stofftiere, Schulhefte – einfach alles!

Sofie sitzt an ihrem Schreibtisch und macht Hausaufgaben, als ginge sie das ganze Tohuwabohu nichts an.

Carlotta hält die Luft an, bläst die Backen auf und lässt den Atem zischend wieder entweichen.

„Was ist denn hier los?“, fragt sie, als sie wieder sprechen kann.

Manu steht vor ihrem Schrank und wickelt seelenruhig einen Schokoriegel aus. „Ganz einfach: Ich fang schon mal an zu packen. Mit fünf Verwarnungen macht man den Abflug. Steht in der Schulordnung, kannst du selbst nachlesen.“ Sie versenkt ihre Zähne in der Schokolade, kaut und grinst. „Morgen krieg ich die erste, fehlen nur noch vier. Die schaff ich locker in ein paar Tagen. Wollen wir wetten? Ich schmeiß schon mal meine Sachen in den Koffer. Das spart 'ne Menge Zeit, wenn's so weit ist." Sie reißt alles aus ihrem Kleiderschrank, was ihr zwischen die Finger kommt, um es anschließend in hohem Bogen über die Schulter ins Zimmer zu werfen. Auf ihrem Bett liegt ein aufgeklappter Koffer, den sie – vergeblich – zu treffen versucht. Das meiste fliegt daneben und bleibt auf dem Fußboden liegen.

Fröhlich wirft sie eine Handvoll bunt geringelter Socken über die linke Schulter. Ein paar von ihnen landen tatsächlich im Koffer, zwei auf ihrem Schreibtisch. Die letzte bleibt an der Deckenlampe hängen und baumelt sachte hin und her.

„Dass du rausfliegst, steht doch noch gar nicht fest", entgegnet Carlotta. Sie hat es im Slalom durchs Zimmer geschafft und setzt sich auf ihre Bettkante. „Warte doch erst mal ab. Vielleicht wirst du nur verwarnt? – Sag du doch auch mal was!", wendet sie sich an Sofie.

„Ich?" Sofie lüftet den Schleier ihrer seidigen Haare und guckt erstaunt. „Wieso ich? Was geht mich das an?"

„Genau!", brummt Manu zustimmend.

Carlotta rauft sich die Haare. Sie würde Manu zu

gerne fragen, warum sie es so sehr darauf anlegt, unbedingt vom Internat zu fliegen. Aber dann beschließt sie, es nicht zu tun. Manu würde ihr doch wieder nur eine dumme Antwort geben und blöd grinsen. Sofie hat Recht: Das geht nur Manu selbst etwas an.

„Dann mach doch, was du willst", faucht sie in Manus Richtung, „aber räum hinterher wenigstens auf. Das ist auch unser Zimmer, nicht nur deins. Ich hab keine Lust, auf einer Müllkippe zu wohnen!"

„Klar, mach ich. Keine Panik." Manu knüllt das Einwickelpapier zusammen und wirft es hinter sich, bevor sie mit ihrer speziellen Art des Kofferpackens fortfährt.

Mannomann!, denkt Carlotta. Drei Zicken in einem Zimmer sind eindeutig zwei zu viel! Mama behauptet ja manchmal, dass ich zickig bin, aber gegen Manu und Sofie bin ich echt nur eine harmlose Mini-Ziege. Mama sollte sich die beiden anderen mal angucken, dann wüsste sie, was sie an mir hat!

In der Nacht wird Carlotta von einem merkwürdigen Geräusch geweckt. Es hört sich an wie ein leises Schniefen. Zuerst denkt Carlotta, dass sich eine ihrer Zimmergenossinnen erkältet hat, aber dann geht das Schniefen plötzlich in unterdrücktes Schluchzen über. Da weint doch jemand! Vorsichtig richtet sie sich auf und späht in die Dunkelheit. Sofies lange Haare schimmern im blassen Mondschein. Die Belgierin liegt auf dem Rücken, die Haare wie ein Fächer auf dem Kopfkissen ausgebreitet, und schläft tief und fest. Von ihr stammen die Geräusche eindeutig nicht.

In Manus Ecke ist es stockdunkel. Der fahle Lichtschimmer, der durch die Vorhänge ins Zimmer fällt, reicht kaum bis dorthin. Trotzdem nimmt Carlotta eine Bewegung wahr, einen dunklen Schatten, der sich unruhig herumwirft. Und dann ist da wieder dieses Schniefen und Schluchzen. Manu weint!

Carlotta ist hin- und hergerissen. Soll sie aufstehen und Manu trösten? Aber vielleicht ist sie gar nicht richtig wach? Möglicherweise hat sie einen schlimmen Traum und weint im Schlaf? Vielleicht ist ihr schlecht von der ganzen Schokolade, die sie ständig in sich reinstopft?

Carlotta lässt sich in ihr Kissen zurücksinken. Erst mal abwarten, sagt sie sich, während sie angespannt in die Dunkelheit lauscht.

Das Schniefen hört auf. Dafür raschelt es leise, als

Manu sich aus ihrem Bett wühlt und aufsteht. Carlotta sieht sie durchs Zimmer huschen. Ganz kurz leuchtet eine Taschenlampe auf. Manu scheint sich anzuziehen.

Mitten in der Nacht? Carlotta hat keinen Schimmer, wie spät es ist. Sie verspürt keine große Lust, extra auf ihren Wecker zu schauen, um es herauszufinden. Dazu ist sie viel zu müde. Im Schloss ist alles still. Es muss weit nach Mitternacht sein. Sie fasst sich ein Herz.

„Hey, Manu", flüstert sie in die Dunkelheit. „Was machst du da?"

Manus Schatten bleibt reglos stehen. Dann kommt er langsam auf Carlotta zu, die sich vorsichtshalber die Bettdecke bis unters Kinn zieht und die Luft anhält.

„Ich kann nicht schlafen", flüstert Manu und leuchtet ihr mit der Taschenlampe ins Gesicht. „Ich geh mal ein bisschen frische Luft schnappen."

„Jetzt!? Mitten in der Nacht?" Carlotta reißt die Augen auf und sieht Manus geisterhafte Silhouette vor sich.

„Ich pass schon auf, dass das Schlossgespenst mich nicht erwischt." Manu macht ein Geräusch, das sich wie ein Kichern anhört. Doch dann schnieft sie wieder.

Auf Zehenspitzen schleicht sie zur Tür, öffnet sie, wartet einen Moment und schlüpft in den nur notdürftig beleuchteten Flur hinaus. „Schlaf weiter", flüstert sie noch, bevor sie die Tür leise hinter sich zuzieht.

Hoffentlich verläuft sie sich nicht, denkt Carlotta. Ob sie nicht doch lieber Frau Heselein wecken soll? Sie ist die Hausmutter und für den Mädchenflur zuständig. Ihre kleine Wohnung liegt am Ende des Flurs, nur drei Türen weiter. Was, wenn Manu wegläuft! Oder wenn ihr im Dunkeln etwas passiert? Womöglich wird sie gekidnappt!

Carlotta runzelt die Stirn. Wie will Manu überhaupt aus dem Schloss herauskommen? Nach elf Uhr sind alle Türen abgeschlossen. Nur der Lehrer, der Nachtdienst hat, kann dann noch aufschließen. In dieser Woche ist Herr Dunker mit dem Bereitschaftsdienst an der Reihe, das weiß Carlotta von dem Plan, der am Schwarzen Brett hängt. Falls nachts etwas passiert, kann man den Bereitschaftslehrer jederzeit wecken. Aber soll sie etwa den Spargel aus dem Bett holen, nur weil Manu mitten in der Nacht spazieren gehen will?

Oh, Mann! Carlottas Herz klopft zum Zerspringen. Wenn wenigstens Sofie wach wäre, dann könnten sie gemeinsam überlegen. Aber die hält in aller Ruhe ihren Schönheitsschlaf, typisch! Soll sie sie vielleicht wecken?

Carlotta stopft sich ihr Sommerwiesenkissen in den

Rücken, setzt sich aufrecht hin und wirft einen Blick auf ihren Wecker. Halb zwei! Sie unterdrückt ein Aufstöhnen und nimmt sich vor, eine halbe Stunde zu warten. Wenn Manu bis dahin nicht zurück ist, wird sie Frau Heselein wecken. Oder Herrn Dunker.

Während sie krampfhaft auf die Leuchtanzeige ihres Weckers starrt und mühsam dagegen ankämpft, dass ihr die Augen zufallen, huscht ihr noch ein Gedanke durch den Kopf: Wenn Manu bei ihrem nächtlichen Ausflug erwischt wird, bekommt sie todsicher den nächsten Verweis. Dann hat sie's bald geschafft …

Kurz darauf ist sie eingeschlafen. Dass Manu nur wenig später geräuschlos ins Zimmer schlüpft und sich in ihr Bett kuschelt, bekommt sie nicht mehr mit.

Am nächsten Morgen liegt Manu in ihrem Bett, als wäre nichts geschehen. Müde und brummig wie immer, wenn der Wecker klingelt, schält sie sich aus ihrer Decke und gähnt. Carlotta starrt sie an.

„Ist was?", brummt Manu und strubbelt sich durch die Haare.

„Ja“, antwortet Carlotta. „Was war denn letzte Nacht los? Ging’s dir nicht gut?“

„Was geht dich das an? Bist du vielleicht meine Mutter, oder was?“ Manu zieht die Augenbrauen zusammen.

„Ähm, nein …“, stammelt Carlotta. „Ich mein ja nur, weil …“

Sie zuckt zusammen, als es klopft. Frau Heselein steckt ihren Kopf ins Zimmer.

„Guten Morgen“, sagt sie freundlich. „Zeit zum Aufstehen.“

„Guten Morgen“, antworten die Mädchen im Chor.

Frau Heselein nickt ihnen zu, dann setzt sie ihren Rundgang fort, um die anderen zu wecken. Die Tür lässt sie offen stehen.

Sofie steht auf und nimmt ihren Kulturbeutel. Sie haucht ein leises „Bonjour“, bevor sie auf Zehenspitzen im Waschraum verschwindet.

Manu wendet sich wieder an Carlotta. „Zerbrich dir bloß nicht meinen Kopf!“, zischt sie. „Und hör auf, dir Sorgen zu machen. Mir passiert schon nichts.“ Sie gähnt noch einmal, schnappt sich ihr Waschzeug und verlässt ohne ein weiteres Wort das Zimmer.

„Blöde Kuh!“, sagt Carlotta laut zu der Tür, die hinter Manus Rücken ins Schloss gefallen ist. „Das war das letzte

Mal, dass ich nett zu dir war, das versprech ich dir! Ab jetzt kannst du mir gestohlen bleiben!"

Wutschnaubend klaubt sie ihre Sachen zusammen. Der Tag fängt ja richtig gut an!

Während des Frühstücks wechseln Carlotta, Sofie und Manu kein Wort miteinander und vermeiden jeden Blickkontakt. Schweigend sitzen sie an ihrem Tisch und kauen auf ihren Brötchen herum. Dabei fixieren sie verschiedene Punkte an den Wänden des Speisesaals und geben sich die allergrößte Mühe, ihren Kakao ohne jedes Geräusch zu schlürfen. Carlotta springt erleichtert auf, als es endlich zum Unterricht läutet. Alles ist besser als dieses angespannte Schweigen.

Zum Glück haben sie in der ersten Stunde Bio im Hörsaal. Da gibt es lange, nach hinten ansteigende Sitzreihen mit Klappstühlen, genau wie in einem Kino. Carlotta kann sich unauffällig woanders hinsetzen und muss nicht neben den beiden Ziegen sitzen.

„Haben die süßen kleinen Babys von Zimmer 128 sich etwa gestritten?", flötet Nadine, als Carlotta sich an ihr vorbei in die letzte Reihe schiebt.

Carlotta streckt ihr die Zunge raus. „Geht dich gar nichts an!"

Nadine kichert gehässig, während Simone mit den Augen rollt.

„Ich frage mich wirklich, was manche hier verloren haben“, seufzt sie theatralisch. „Meine Eltern und ich sind davon ausgegangen, dass auf Schloss Prinzensee ein gewisses Niveau gepflegt wird. Offenbar haben wir uns getäuscht.“

Lasst mich in Ruhe, ihr Schreckschrauben, denkt Carlotta, als sie sich stöhnend auf einen freien Platz fallen lässt. Ich hab ohne euch schon Stress genug!

Heilfroh, dass sie den Vormittag und das Mittagessen ohne weiteren Zusammenprall mit ihren ungenießbaren Mitschülerinnen überstanden hat, macht sich Carlotta am Nachmittag auf den Weg zum Bootshaus.

Die Sonne scheint, und der Wind pustet ein paar Schäfchenwolken über den See. Es ist ein herrlicher Tag.

Carlotta wischt sich eine widerspenstige Haarsträhne aus dem Gesicht. Obwohl das Wetter eigentlich viel zu schön für eine AG ist, ist sie davon überzeugt, dass Rudern bestimmt mehr Spaß macht, als zwischen Manu und Sofie auf dem Zimmer zu hocken. Auch, wenn es in kippligen Booten stattfindet.

Dass die Ruderboote kipplig sind, stellt sie sofort fest, als Herr Dunker sie auffordert, sich in einen der Einer zu setzen, die hintereinander am Bootsanleger liegen.

„Das sind unsere Trainingsboote", erklärt der Spargel. „Man fängt immer mit dem Einer an. Wie der Name sagt, ist es ein Boot für einen einzelnen Ruderer. Später kann man in einen Zweier oder Vierer wechseln, mit oder ohne Steuermann. Die Königsdisziplin des Rudersports ist der Achter mit Steuermann. Aber das kommt später."

„Okay", murmelt Carlotta, während sie misstrauisch die Boote beäugt.

Sie sehen alle gleich aus: wie angespitzte Einbäume mit einer gewölbten Sitzschale in der Mitte und einem Stützbrett für die Füße. Carlotta sieht, dass die Sitze auf kleinen Rollen in einer Art Schiene laufen.

Auch das noch!, denkt sie. Diese Einer sind wirklich ganz anders als die gemütlichen breiten Picknickboote auf dem See im Stadtpark, die man stundenweise ausleihen kann.

Wie soll sie da jemals heil reinkommen? Kaum, dass sie einen Fuß hineinsetzen will, droht das schmale Ding zu kentern.

„Hock dich hin, zieh das Boot an dich heran und klettre rein", sagt eine Stimme hinter ihr.

Carlotta dreht sich um. „Brendan! Was machst du denn hier?“

„Rudern“, erwidert Brendan grinsend und steigt geschickt in sein Boot. Er nimmt die langen Ruder auf, stößt sich vom Steg ab und winkt Carlotta zu, bevor er mit kräftigen Schlägen davonzieht.

„Der kann’s“, brummt Herr Dunker anerkennend. „Er rudert schon seit Jahren in seinem Heimatverein. Ich bin sicher, er wird mal ein ganz Großer. Und nun zu dir …“

Der Spargel mustert Carlotta von oben bis unten, und Carlotta ist sich ziemlich sicher, so etwas wie Mitleid in seinem Blick zu erkennen. Immerhin braucht sie fast zwanzig Minuten, bis sie einigermaßen sicher im Boot sitzt, die langen Paddel, die der Spargel „Riemen“ nennt, sortiert hat und endlich auf dem Wasser schwimmt.

Als sie zwei Stunden später ins Schloss zurückkehrt, ist sie um zwei Blasen an den Händen und die Erkenntnis reicher, dass Rudern viel leichter aussieht, als es ist. Ob sie es jemals schaffen wird, das zu lernen? Sie hat leichte Zweifel.

Vielleicht ist es mehr ein Jungensport?, überlegt sie, als sie die breiten Stufen hinaufsteigt. Könnte doch sein? Im

Training waren außer ihr jedenfalls nur drei andere Mädchen – und zwar bei den Fortgeschrittenen.

Bei den Anfängern ist Carlotta das einzige Mädchen – neben zwei Jungs aus ihrer Klasse, Felix und Hannes. Und ausgerechnet sie hat sich am blödesten angestellt, davon ist Carlotta überzeugt.

Herr Dunker hat sie und die anderen in einem kleinen Motorboot auf den See hinausbegleitet und von dort aus seine Kommandos gegeben. Während die Fortgeschrittenen ihre Trainingsbahnen absolviert haben, hat der Lehrer den Neulingen geduldig erklärt, wie man richtig sitzt und warum es so wichtig ist, die Ruderblätter gleichzeitig ins Wasser zu tauchen.

„Weil man sonst im Kreis fährt", murmelt Carlotta und schlurft durch die Eingangshalle. „Schon klar."

Sie hat es einfach nicht geschafft, ihr Boot geradeaus zu steuern. Wie denn auch, wenn man nicht sieht, wohin man fährt? Schließlich sitzt man rückwärts in dem wackligen Ding! Oh Mann …

Herr Dunker hat nicht sehr glücklich ausgesehen, als sie zum Abschluss des Trainings dann auch noch mit dem Boot gegen den Steg gekracht ist, das hat Carlotta genau gesehen. Aber zum Glück ist nichts passiert, ihr nicht und dem Boot auch nicht. Das hätte ihr noch gefehlt, gleich in der ersten Trainingsstunde ein teures Boot kaputt zu machen!

Was für ein Reinfall! Carlotta stöhnt auf. Für den Rest des Tages hat sie genug von Booten, Riemen und Wassersport aller Art.

Besuchstag im Schloss

Der Besuchstag am nächsten Tag lenkt Carlotta von ihren schmerzenden Muskeln und den Blasen an ihren Händen ab. Mama, Steffen und die Zwillinge sind extra früh angereist, um sich alles von ihr zeigen zu lassen. Sie haben drei Tüten Gummibärchen und Lakritzschnecken mitgebracht, frische Wäsche, ein paar T-Shirts und eine schicke neue Jeans.

Als Mama ihr Zimmer sehen will, zuckt Carlotta zusammen. Am Morgen sah es noch ziemlich chaotisch aus, obwohl Manu einen ganzen Tag und den Vorabend Zeit hatte, um aufzuräumen. Bei der Zimmerkontrolle hatte Frau Heselein ihr eine Frist gesetzt, über die Manu allerdings nur gekichert hat.

Vorsichtig macht Carlotta die Tür auf und späht um die Ecke, bevor sie erleichtert den Blick freigibt. Manu hat sich wirklich große Mühe gegeben. Ihr Bett ist ordentlich gemacht, alle Klamotten befinden sich im Koffer, dessen Deckel sich verdächtig wölbt. Manu hat ihn halb unter ihr Bett geschoben. Nur die einzelne Socke baumelt nach wie vor an der Deckenlampe. Manu muss sie übersehen haben.

„Was für eine originelle Dekoration", bemerkt das Nilpferd prompt. „Habt ihr die extra für den Besuchstag dort aufgehängt?"

Carlotta wird rot. „Ähm, nö, nicht direkt … Manu ist neulich in eine Pfütze getreten. Sie hat die Socke bestimmt zum Trocknen an die Lampe gehängt."

„Aha", murmelt das Nilpferd.

Mama hat Lennart auf dem Arm und schaut sich neugierig um. Carlotta hat ihr Lennart abgenommen und kitzelt ihn am Bauch. Er gluckst vergnügt.

„Nett habt ihr's hier", lächelt Mama. „Richtig gemütlich." Wenn du wüsstest!, denkt Carlotta finster.

„Hast du dich mit deinen Mitbewohnerinnen schon ein bisschen angefreundet?" Mama geht ans Fenster und wirft einen Blick in den Park.

„Ja, klar … ein bisschen", seufzt Carlotta. „Wollen wir jetzt wieder raus? Ich kann euch den Park zeigen und das Bootshaus und alles andere."

Sie ist froh, dass Mama und Steffen sofort zustimmen. Zu großartigen Erklärungen über ihre beiden Mitbewohnerinnen verspürt sie nicht die geringste Lust. Mama und Steffen würden sie wahrscheinlich sowieso nicht verstehen.

Auf dem Rasenplatz hinter dem Schloss herrscht lebhaftes Treiben. Das Wetter ist sonnig und herrlich warm. Carlotta und Mama setzen die Zwillinge ins Gras und lassen sie krabbelnd die Gegend erkunden. Zwischen den Besuchern laufen Oberstufenschüler hin und her. Sie haben sich als Kellnerinnen und Kellner verkleidet und reichen den Eltern Sekt, Saft und Schnittchen. Alle horchen auf, als Dr. Brönne um Aufmerksamkeit bittet.

„Unsere Sextaner haben ihre ersten beiden Wochen auf Schloss Prinzensee verbracht", beginnt der Internatsleiter seine Ansprache. „Es waren aufregende, spannende Wochen, und nach einigen Anlaufschwierigkeiten haben sich alle Fünftklässler gut in das Internatsleben eingefügt und ohne Ausnahme ihren Platz bei uns gefunden. Ich freue mich, Ihnen und euch mitteilen zu dürfen, dass ihr alle die Probezeit bestanden habt. Unser fünfter Jahrgang darf sich ab sofort offiziell Prinzenseer nennen!"

Während Eltern und Schüler begeistert Beifall klatschen, runzelt Carlotta die Stirn. Hat Dr. Brönne denn nicht mit Manu gesprochen? Die legt mit Sicherheit keinen gesteigerten Wert darauf, sich Prinzenseerin zu nennen. Überhaupt: Wo steckt Manu eigentlich?

Carlotta stellt sich auf die Zehenspitzen, um besser sehen zu können. Von Manu ist weit und breit nichts zu sehen. Auch Sofie glänzt durch Abwesenheit. Ob ihre Eltern überhaupt kommen konnten? Immerhin ist Belgien ziemlich weit weg.

Nach einem kurzen Freiluftkonzert des Schulorchesters zeigt Carlotta ihrer Familie das Bootshaus und den Bootsanleger am See. Das Nilpferd hat die Zwillinge in den Buggy gesetzt und schiebt sie den Weg durch den Park bis ans Ufer.

„Wie schön es hier ist", seufzt Mama und setzt sich auf eine Bank. „Dein Vater hat ja immer von seinem alten Internat geschwärmt, aber ich konnte es mir nie richtig vorstellen, bis ich es zum ersten Mal gesehen habe."

Carlotta setzt sich neben sie und blinzelt in die Sonne. Mama hat Recht: So richtig vorstellen kann man sich Prinzensee erst, wenn man es mit eigenen Augen gesehen hat.

Mama senkt die Stimme. „Geht es dir auch wirklich gut, Mäuschen?", fragt sie und nimmt Carlottas Hand. „Hast du denn gar kein Heimweh?"

Carlotta denkt kurz nach, dann schüttelt sie den Kopf. „Ein bisschen schon“, gibt sie zu. „Nach Katie und Papa, und nach euch natürlich auch. Aber mir gefällt’s hier ganz gut. Ich glaub, für ein Jahr halt ich’s aus.“

„Dann ist ja gut“, seufzt Mama. „Und falls du es dir doch noch anders überlegst, kannst du es jederzeit sagen. Wir haben immer einen Platz für dich.“

Carlotta kuschelt sich in Mamas Arm und legt den Kopf an ihre Schulter.

„Ich weiß“, sagt sie leise. „Aber ich glaub, ich bleib hier.“ Außerdem ist die Probezeit längst abgelaufen, fällt ihr ein. Sie hat überhaupt nicht mehr daran gedacht. Das ist doch bestimmt ein gutes Zeichen, oder?

Als sie einen Schatten hinter dem Gebüsch am Uferweg verschwinden sieht, hebt sie den Kopf. War das nicht gerade Manu? Was hat die denn hier zu suchen? Dahinten sind doch nur die Schuppen und Gewächshäuser der Gärtnerei. Merkwürdig, denkt Carlotta und legt den Kopf zurück. Bestimmt hab ich mich geirrt.

Am späten Nachmittag geht der Besuchstag zu Ende. Lennart und Lorenz sind in ihren Autositzen angegurtet und haben Mühe, ihre Augen aufzuhalten.

„Macht’s gut, ihr zwei“, raunt Carlotta ihnen zu und

gibt ihnen jeweils ein Küsschen auf die Stirn. „Seid schön artig und ärgert keine Omas, falls ihr welche seht."

Steffen nimmt sie zum Abschied in den Arm, aber es ist Carlotta unangenehm und sie macht sich schnell von ihm los. Schließlich ist er nicht mein Vater, denkt sie und wendet sich an Mama. Die hat ihr Taschentuch gezückt und schnieft geräuschvoll hinein.

„Ach, Carlotta-Mäuschen …", seufzt sie.

Carlotta gibt ihr einen Kuss und lächelt. „Bald ist Heimfahrtwochenende. Da komm ich euch besuchen."

„Wir holen dich ab", sagt Mama. „Sag nur rechtzeitig Bescheid, ja? Schade, dass ihr nur alle vier Wochen nach Hause dürft. Aber wir schreiben und telefonieren."

„Klar, Mama, machen wir." Mit sanftem Druck schiebt Carlotta ihre Mutter auf den Beifahrersitz. Steffen sitzt schon am Steuer.

Carlotta schlägt die Autotür zu und winkt.

„Gute Fahrt!", ruft sie. „Und bis bald!"

Erst beim Abendessen sieht sie Manu und Sofie wieder. Nach dem schönen Tag hat Carlotta so gute Laune, dass sie glatt vergisst, dass sie zu Manu nicht mehr nett sein wollte.

„Hattet ihr auch Besuch?“, erkundigt sie sich, als sie sich mit ihrem Tablett auf den freien Platz am Fenster schiebt.

„Nö“, brummt Manu und schiebt sich ihr mit Tomaten, Gurke, Schinken und doppelt Käse belegtes Sandwich zwischen die Zähne. „Was soll der Quatsch auch? Meine Eltern wissen schließlich, wie ich aussehe, und andersrum genauso.“

Sofie schüttelt den Kopf und macht ein unglückliches Gesicht. „Meine Eltern haben ein kleines Restaurant, dort, wo wir wohnen“, sagt sie leise. „Es ist nicht möglich, dass sie mich einfach so zwischendurch besuchen. Sie können unser Restaurant nicht alleine lassen.“

„Das ist ja schade“, sagt Carlotta und spürt einen Anflug von Mitleid. Sie will sich gerade ihrem Essen widmen, als Nadine von hinten an sie herantritt.

„Du hast vielleicht süße Brüder!“, quiekt sie. „Das waren doch deine Brüder vorhin, oder? Die beiden blonden Jungs in den schicken Designer-Jeans? Hach, ich liiiebe Babys!“ Sie senkt die Stimme und flüstert Carlotta ins

Ohr: „Und deinen Vater finde ich auch echt attraktiv!“ Sie zwinkert Carlotta zu und lässt sie vollkommen verdattert zurück.

Was war das denn?, denkt Carlotta und beißt sich auf die Unterlippe, um nicht loszuprusten. Hält die Steffen etwa für meinen Vater? Hilfe!

„Vielen Dank!“, ruft sie Nadine kichernd hinterher. „Ich werd es ihm ausrichten!“

Manu faltet ihr zweites Sandwich zusammen und stopft es sich in den Mund. Ihr Blick wandert zwischen der Tür des Speisesaals und der großen Uhr über der Essensausgabe hin und her. „Bin gleich wieder da“, murmelt sie und eilt mit schnellen Schritten in Richtung Ausgang. Carlotta sieht, dass sie im Vorbeigehen ein paar Schinkenscheiben vom Aufschnitttablett stibitzt und blitzschnell in ihrer Jackentasche verschwinden lässt.

„Was soll das jetzt wieder bedeuten?“, brummt Carlotta.

Sofie schüttelt den Kopf. „Ich habe keine Ahnung.“

Carlotta und Sofie sind längst wieder in ihrem Zimmer, als Manu auftaucht. Immer wieder wirft sie einen Blick aus dem Fenster und wandert ruhelos hin und her. Sie macht einen abwesenden Eindruck, fast als wäre sie gar nicht richtig da.

Carlotta überlegt, ob sie in den Aufenthaltsraum gehen soll, um ein bisschen fernzusehen oder etwas zu spielen. Da sind immer andere Mitschüler, und meistens ist es ziemlich lustig. Aber eigentlich will sie viel lieber lesen, und zwar in Ruhe. Ärgerlich beobachtet sie Manus Wanderung über den Teppich, hin und her, hin und her.

„Kannst du dich nicht hinsetzen?“, fragt Sofie. „Du machst mich ganz nervös!“

Manu bleibt stehen und starrt Sofie an, als wäre die soeben aus einer anderen Galaxie auf die Erde gefallen. „Was? Ach so, sorry … Ich hau sowieso gleich noch mal ab. Ich warte nur darauf, dass der olle Brönne seinen Abendspaziergang beendet.“ Angespannt starrt sie hinaus. „Na, endlich“, murmelt sie und schnappt sich ihre Jeansjacke vom Bett.

Ohne Carlotta und Sofie eines Blickes zu würdigen, schiebt sie sich durch die Zimmertür auf den Flur und huscht davon. Die beiden Mädchen sehen sich an und schütteln ratlos die Köpfe.

Manu gibt Rätsel auf

Carlotta und Sofie sind in ihre Bücher vertieft, als Manu endlich zurückkehrt. Sie gähnt, dann greift sie nach ihrem Wecker und dreht an den Knöpfen. Begleitet von einem Seufzer schiebt sie den Wecker schließlich tief unter ihr Kopfkissen.

Was soll das denn?, wundert sich Carlotta. Morgen ist doch Sonntag! Da dürfen wir ausschlafen!

Wenig später verschwindet Manu im Waschraum und kommt ein paar Minuten darauf frisch geduscht zurück. Sie schlüpft in ihren Schlafanzug, legt sich in ihr Bett und macht das Licht aus. Schwungvoll wirft sie sich auf die Seite und murmelt „Gute Nacht“. Kurz darauf hört man sie leise schnarchen.

Dabei ist es erst halb neun! Mit gerunzelter Stirn liest Carlotta weiter. Nicht im Traum denkt sie daran, sich über Manus merkwürdiges Verhalten zu wundern oder Fragen zu stellen. Die Zeiten sind vorbei. Soll die doch machen, was sie will.

Obwohl … Carlotta wüsste schon gern, was es mit dem Wecker unter dem Kopfkissen auf sich hat.

Mitten in der Nacht poltert es im Zimmer. Jemand stöhnt auf und unterdrückt einen Fluch. Carlotta fährt erschrocken hoch. Aufrecht in ihrem Bett sitzend lauscht sie mit angehaltenem Atem in die Dunkelheit, während sich ihre Finger in die Bettdecke krallen. Sie versucht etwas zu erkennen und glaubt ganz kurz einen Schatten durchs Zimmer huschen zu sehen. Aber es ist viel zu dunkel, um wirklich etwas zu erkennen. Erst als die Tür einen Spaltbreit geöffnet wird und der schwache Schein der Nachtbeleuchtung vom Flur ins Zimmer dringt, sieht sie, dass Manu auf Zehenspitzen hinausschlüpft und die Tür leise hinter sich zuzieht.

„Sofie“, flüstert Carlotta in die Finsternis. „Bist du wach?“

Als sie keine Antwort bekommt, legt sie sich wieder hin und starrt mit weit aufgerissenen Augen an die Decke. Was hat das zu bedeuten? Ob Manus nächtliches Frischluftbedürfnis mit ihrem Essverhalten zusammenhängt? Wer so viel futtert wie Manu, muss sich viel bewegen, ganz klar. Aber mitten in der Nacht?

„Unmöglich“, murmelt Carlotta und kuschelt sich wieder in ihr Kissen.

Am nächsten Morgen ist Manu nicht wach zu bekommen. Wie ein Stein liegt sie in ihrem Bett und zuckt nicht mal mit der Wimper, als Sofie zuerst die Vorhänge und dann die Fenster aufreißt, um den strahlenden Sonnenschein ins Zimmer zu lassen.

„Willst du nicht frühstücken?“, erkundigt sich Sofie.

„Später“, lautet die gebrummte Antwort.

„Später gibt's nichts mehr“, mischt Carlotta sich ein. Sie stupst Manu an, aber die wühlt sich nur noch tiefer unter ihre Decke. Nur ihr verstrubbelter roter Haarschopf lugt darunter hervor, und am Fußende der Decke ein Zeh. Carlotta und Sofie gucken sich an. Sofie zuckt mit den Schultern.

„Es hat keinen Zweck, glaub ich“, sagt sie.

Carlotta stimmt ihr zu. Gemeinsam gehen sie aus dem Zimmer, um noch etwas vom Sonntagsfrühstück abzubekommen.

Soll Manu doch sehen, wie sie satt wird.

Sie wollen gerade ihr Geschirr wegstellen, als Manu in den Speisesaal stürmt und über die Reste des schon reichlich abgegrasten Büfetts herfällt. In Windeseile türmt sie einen ansehnlichen Berg auf den Teller.

„Du bist ziemlich spät dran", murrt die Küchenhilfe, die schon abräumen wollte.

„'tschuldigung", grinst Manu. „Hab verpennt."

„Typisch", zischelt Nadine.

„Halt die Klappe, Barbie", knurrt Manu zurück.

Die Küchenhilfe schüttelt den Kopf und verschwindet in der Schlossküche.

Japsend lässt sich Manu auf ihren Platz fallen. „Das war knapp, was?"

„Das kann man wohl sagen", stimmt Carlotta ihr zu. Insgeheim fragt sie sich, ob Manu es tatsächlich schaffen wird, all die Nahrungsmittel auf ihrem Teller zu verdrücken.

Aber so, wie Manu reinhaut, ist es nur eine Frage von wenigen Minuten, bis der Berg abgetragen ist. Mit viel Kakao spült sie hinterher, dann springt sie auf und verkündet, dass sie sich einen Nachschlag holen will.

„Aber das Büfett ist schon geschlossen“, wendet Carlotta ein.

„Dann geh ich eben in die Küche“, gibt Manu ungerührt zurück. „Meine Eltern bezahlen schließlich für Vollpension, da muss ihr Töchterlein doch satt werden, oder?“ Grinsend klopft sie an der Flügeltür zur Küche an und verschwindet dahinter.

Sofie steht auf. „Ich geh ins Musikzimmer, ein bisschen Klavier üben.“

„Ist gut“, nickt Carlotta. „Viel Spaß.“

Weil sie nichts Besonderes vorhat, bleibt sie sitzen und wartet auf Manu.

„Na, hast du noch was bekommen?“, fragt sie die Mitschülerin, als sie wiederkommt.

„Klar“, grinst die und zeigt auf ein dickes Lunchpaket. „Ich hoffe, es reicht bis zum Mittag.“

„Bestimmt!“ Carlotta lacht. Sie zögert kurz, bevor sie weiterspricht. „Sag mal, du warst doch neulich bei Dr. Brönne. Hat er dir echt einen Verweis gegeben?“

„Nö“, brummt Manu. „Verwarnt hat er mich, weil ich frech zu der dussligen Dorsch war. Und dann hat er gemeint, ich würde meine Anpassungsschwierigkeiten sicher bald überwinden. Bei manchen Schülern würde es eben länger dauern, bis sie sich eingewöhnt hätten.“ Sie gibt dem Tischbein einen Tritt und schnaubt verächtlich. „Der hat sie doch nicht mehr alle! Ich und Anpassungsschwierigkeiten – dass ich nicht lache!“

Auf ihrem Weg durchs Schloss treffen sie Brendan, Felix und Hannes aus ihrer Klasse.

„Hi, Carlotta“, sagt Brendan. „Wir treffen uns nachher zum Joggen. Hast du nicht Lust, mitzumachen?“

„Wer ist wir?“, fragt Carlotta zurück.

„Ach, nur wir drei und noch ein paar Leutchen aus der Ruder-AG“, meint Brendan.

„Mal sehen“, erwidert Carlotta ausweichend.

„Wenn du willst, komm doch auch“, wendet sich Brendan an Manu. „Der Lauftreff ist nicht nur für Ruderer, da kann jeder mitmachen.“

Manu lässt einen Zeigefinger in Schläfenhöhe rotieren und schüttelt den Kopf. „Ich soll freiwillig durch die Gegend hecheln? Nee, danke. Ich hab's generell nicht so mit Laufsport. Außerdem“, fügt sie hinzu, „hab ich schon was anderes vor.“

„So 'n Pech aber auch“, feixt Felix.

Manu streckt ihm die Zunge raus.

„Treffpunkt ist um vier am Bootshaus“, sagt Brendan zu Carlotta.

„Okay.“ Carlotta zuckt mit den Schultern. „Wenn mir nichts Besseres einfällt, bin ich dabei.“

Als die Jungs weitertraben, kichert Manu.

„Komische Art, sich mit einem Mädchen zu verabreden.“ Sie rollt mit den Augen. „Zum Laufen … echt einfallsreich!“

Carlotta kann nicht anders, sie kichert mit. Heute scheint Manu ausgesprochen gut drauf zu sein. „Was hast du denn nachher Großartiges vor?“, fragt sie neugierig.

Das Grinsen in Manus Gesicht verschwindet schlagartig und macht einer abweisenden Miene Platz. „Geht dich gar nichts an!“, knurrt sie und eilt mit langen Schritten davon.

Verwirrt bleibt Carlotta stehen.

„Was hab ich denn jetzt schon wieder falsch gemacht?“, murmelt sie. „Mannomann! Die sollte ein Warnschild um den Hals tragen. ‚Sprich mich nicht an!‘, oder so was in der Art!“ Wütend stapft sie hinter der Mitschülerin her, um ihre Laufsachen zu packen. Auf keinen Fall will sie den Rest des Sonntags mit Manu in einem Zimmer verbringen. „Lieber lauf ich einen Marathon rund um den See“, schnaubt Carlotta und stürmt die Treppe hinauf.

Pünktlich zur vereinbarten Zeit ist sie am Bootshaus. Brendan, Hannes, Felix, ein paar andere Jungs und die Mädchen aus der Ruder-AG sind schon da und machen sich mit Stretching und Lockerungsübungen warm. Zwischen ihnen trabt Herr Dunker auf der Stelle.

„Der Spargel!“, stöhnt Carlotta auf. „Von dem hat Brendan aber nichts gesagt!“

Mit allem hat sie gerechnet, aber nicht damit, ihre kostbare Freizeit ausgerechnet mit einem Lehrer zu verbringen. Da wäre ihr ja fast Manus Gesellschaft noch lieber! Sie überlegt, ob sie sich vielleicht unauffällig zwischen die Büsche schlagen und zum Schloss zurücktraben kann, als der Spargel sie schon erspäht hat und lauthals begrüßt.

„Carlotta! Das ist ja klasse!“, ruft er und schüttelt seine langen dünnen Arme aus.

„Ähm, hallo“, sagt Carlotta.

Herr Dunker zeigt ihr ein paar Dehnübungen. „Laufen ist unverzichtbarer Bestandteil eines erfolgreichen Rudertrainings. Kondition, Kraft und Ausdauer, und ein schnelles Boot natürlich.“ Er hüpft auf der Stelle wie ein Flummi. Seine viel zu große Jogginghose flattert im

Wind. „Apropos Kraft … Wir treffen uns jeden Mittwoch um fünf im Kraftraum. Ich würde mich freuen, wenn du mitmachst."

„Mhm", nickt Carlotta vage. „Mal sehen …"

Als Herr Dunker der Meinung ist, dass sie sich genug gestretcht, gedehnt und gelockert haben, setzt sich die kleine Truppe in Bewegung.

„Hopp, hopp!", gibt der Lehrer das Tempo an und läuft fröhlich voraus.

Carlotta fällt schon bald zurück. Nach wenigen Minuten hat sie Seitenstiche, und an ihrer linken Ferse bildet sich eine Blase, das spürt sie genau. Außerdem ist der Weg total holprig und uneben. Ein paarmal gerät sie fast ins Stolpern. Ob sie einfach anhalten und umkehren soll? Schwer atmend lässt sie sich ein kleines Stück weiter zurückfallen, bis die anderen außer Sichtweite sind. Sie verringert ihr Tempo, bis sie schließlich geht. Sie weiß, dass die Laufstrecke einmal rund um den See führt. Wenn sie in diesem Tempo spazieren geht, holt die Spitze der Gruppe sie irgendwann unweigerlich ein. Ganz schön peinlich! Aber wie konnte sie auch ahnen, dass sie es mit halben Profisportlern zu tun hat? Außer ihr scheint keiner Probleme mit dem scharfen Tempo und dem unwegsamen Gelände zu haben.

Sie bleibt stehen und presst die Hände in die Seiten. Von ihrer Stirn tropft Schweiß und ihr Hals kratzt erbärmlich. Jetzt was zu trinken, denkt sie. Das wär's!

Sie sieht sich um. Ihr Blick fällt durch das Dickicht. Hinter den Bäumen stehen ein paar Glashäuser.

Das muss die Schlossgärtnerei sein, denkt Carlotta. Ob's da was zu trinken gibt? Klar, und wenn's ein Wasserhahn ist. Kaltes Wasser – allein der Gedanke daran lässt ihre Kehle noch trockener werden.

Nach einem prüfenden Blick nach links und rechts bahnt sie sich kurzerhand einen Weg durch das dornige Gebüsch. Die Laufgruppe ist weit weg, vermutlich schon auf der anderen Seite des Sees. Carlotta beschließt, sich ihr einfach wieder anzuschließen, wenn sie auf der zweiten Runde hier vorbeikommt. Wenn sie Glück hat, bemerkt niemand, dass sie eine ganze Runde geschwänzt hat.

Gleich neben der Gärtnerei entdeckt sie einen rostigen Wasserhahn. Sie dreht ihn auf, formt mit den Händen eine Schale und trinkt daraus. Dann schlüpft sie aus den Schuhen und Socken und hält ihre brennenden Füße unter den eiskalten Strahl.

Es ist so ein schönes Gefühl, dass sie am liebsten laut gejuchzt hätte, aber sie unterdrückt den Impuls und trinkt stattdessen noch ein paar Handvoll. Als sie sich auf einen

Stein setzt, um ihre Füße notdürftig mit den Socken abzutrocknen, sieht sie plötzlich eine Gestalt über den schmalen Weg zwischen den Glashäusern huschen.

Carlottas Sitzplatz liegt im Schatten des Hauptgebäudes; sie ist vom Weg aus nicht zu sehen. Trotzdem zieht sie sich ein bisschen tiefer in den Schatten zurück und starrt der Gestalt hinterher.

„Das gibt's doch gar nicht", murmelt sie und kneift die Augen zusammen. Es ist eindeutig Manu, die wie ein Einbrecher zwischen den Gewächshäusern herumschleicht und dabei etwas an sich presst.

Es sieht aus wie ein Kleiderbündel, denkt Carlotta zuerst, aber dann sieht sie, was es wirklich ist: das Lunchpaket vom Frühstück!

Carlotta zieht die Stirn kraus. Will Manu hier etwa picknicken? Aber warum schleicht sie dann so? Heute ist Sonntag, da wird in der Gärtnerei nicht gearbeitet. Trotzdem benimmt sie sich sehr merkwürdig.

„Um nicht zu sagen, verdächtig", murmelt Carlotta. Vorsichtig steht sie auf und lugt um die Ecke. Im selben Moment verschwindet Manu in einem der hinteren Gewächshäuser. Die Scheiben des Hauses sind mit Moos bewachsen und fast blind. Es ist unmöglich, einen Blick hineinzuwerfen.

Zu gern würde Carlotta hinterhergehen, die Tür aufreißen und die Mitschülerin überraschen. Aber dann überlegt sie es sich anders. Vielleicht hat Manu ein romantisches Rendezvous mit einem Unbekannten?

Nee, Quatsch! Carlotta schüttelt den Kopf. Sie kann sich beim besten Willen nicht vorstellen, dass die schlecht gelaunte Kratzbürste einen Verehrer hat. Und wenn, ist es ihre Sache.

„Geht mich gar nichts an", sagt Carlotta zu ihren Laufschuhen und schlüpft hinein.

Auf Zehenspitzen und ebenso geduckt wie vorher Manu schleicht sie den Weg zum Laufpfad zurück, um die anderen abzupassen und sich möglichst unauffällig anzuhängen.

Sie richtet sich auf und streift eine stachlige Brombeerranke von ihrem Arm, als plötzlich Bremsen quietschen und Reifen über den Weg schliddern.

„Ey, Mann!", ruft jemand. „Pass doch auf!"

Carlotta hat das Gefühl, als würde ihr Herz mindestens drei Schläge in Folge aussetzen, so sehr hat sie sich erschreckt. „Manno!", faucht sie. „Hast du keine Klingel?"

„Doch, klar." Jonas grinst von einem Ohr zum anderen. „Hab ich dich etwa erschreckt?", fragt er mit Unschuldsmiene.

„Ja“, zischt Carlotta ihn an.

„Sorry, das wollte ich nicht.“ Jonas stützt sich auf den Lenker eines robusten Mountainbikes, das schon bessere Zeiten gesehen hat. Der schwarze Lack ist zerkratzt und an manchen Stellen abgeblättert. Die Reifen sind abgefahren und haben kaum noch Profil. „Aber kann ich ahnen, dass mir hier plötzlich ein geistesgestörtes Waldgespenst über den Weg läuft?“

Geistesgestörtes Waldgespenst? Carlotta funkelt ihn an. Was soll das denn heißen?

„Ich warte auf meine Laufgruppe“, erwidert sie spitz.

„Ach was“, grinst Jonas. „Und ich warte auf den Weihnachtsmann.“

Wider Willen muss Carlotta lachen. „Eins zu null“, sagt sie. „Aber ich warte wirklich auf meine Laufgruppe. Dahinten kommt sie.“

Jonas dreht sich um. Herr Dunker kommt in einiger Entfernung angejoggt, seine Schülerinnen und Schüler wie einen Rattenschwanz hinter sich herziehend.

„Hau ab!“, flüstert Carlotta Jonas hektisch zu und duckt sich hinter einen Busch. „Die dürfen mich nicht sehen! Ich erklär's dir später, okay?“

„Schon klar.“ Jonas schwingt sich auf sein Mountainbike und fährt der Laufgruppe entgegen. Carlotta kann hören, dass er fröhlich klingelt und Herrn Dunker einen schönen Sonntag wünscht, da traben die Jogger schon an ihr vorbei. Sie wartet ein paar Sekunden und schließt sich hinten an. Mit einem breiten Grinsen im Gesicht absolviert sie die letzte Runde und wundert sich darüber, wie interessant so ein sonntagnachmittäglicher Auslauf doch sein kann. Zuerst Manu, dann Jonas … Was der Tag wohl noch zu bieten hat?

Rudern im Regen und ein Retter in der Not

In den nächsten Tagen hat Carlotta kaum Gelegenheit zum Nachdenken, weder über Manu noch über Jonas. Fast täglich werden Tests und Arbeiten geschrieben, und für Bio und Erdkunde muss sie Referate vorbereiten. Dazu das Rudertraining, das regelmäßige Joggen und der Besuch des Kraftraums jede Woche … Carlotta kommt sich schon vor wie ein Hamster im Laufrad.

Der Kraftraum ist in einem Nebengebäude der Sporthalle untergebracht und mit modernen Geräten ausgestattet, an denen man sämtliche Muskelgruppen trainieren kann. Zusätzlich gibt es jede Menge Hanteln, Eisenstangen, Springseile und Heimtrainer. An den Wänden hängen große Spiegel, in denen man die Bewegungsabläufe kontrollieren und seine wachsenden Muskeln bewundern kann.

Bestimmt toll, wenn man vorhat, Gewichtheberin zu werden, denkt Carlotta. Aber eindeutig nichts für mich. Wenn sie vorher gewusst hätte, wo sie überall Muskeln hat und wie weh die tun können, wenn man mit Gewichten trainiert, hätte sie niemals damit angefangen.

Als ein kleines Päckchen mit einem Brief und der wöchentlichen Gummibärchenration von Katie kommt, freut sie sich. Endlich eine positive Abwechslung! Aufgeregt fängt sie an zu lesen, während sie sich ein paar Gummibärchen zwischen die Zähne schiebt:

Hi Carlotta, danke für Deinen Brief! Ich find's super von Dir, dass Du nicht sauer bist, dass Pia jetzt neben mir sitzt. Ich hab ihr natürlich gesagt, dass es eh nur für dieses eine Schuljahr ist und dass Du nächstes Schuljahr zurückkommst und sowieso meine allerbeste Freundin bist und bleibst. Zuerst war sie ein bisschen muffelig, aber dann hat sie's eingesehen, glaub ich.
Wie geht's Dir denn so? Manno, der Stress mit dieser Manu und dieser Sofie ist ja ätzend! Du tust mir echt leid! Ich hab mal ein Buch über ein Internat gelesen, in dem es genauso war wie bei Euch, dass die Mädchen sich zuerst nicht ausstehen konnten, aber zum Schluss

waren sie dann die besten Freundinnen und haben den Lehrern und den Jungs Streiche gespielt. Soll ich Dir das Buch mal ausleihen?

Beste Freundinnen im Internat? Carlotta lässt den Brief sinken und stöhnt auf. So ein Blödsinn! So was gibt's doch nur in Büchern!

„Das ist mal wieder ein Beweis dafür, dass Schriftsteller keine Ahnung vom wirklichen Leben haben", murmelt sie und pickt sich drei weiße Gummibärchen aus der Tüte. „In Wirklichkeit läuft das total anders. Katie und ihre dämlichen Internatsgeschichten, typisch …"

Mit gerunzelter Stirn liest sie weiter.

Katie betont, wie sehr sie sie vermisst, und erwähnt, dass sie mit Pia im Kino war und dass sie sich zum Geburtstag einen Hund wünscht. Zum Schluss schreibt sie:

Mehr fällt mir heute nicht ein. Schreib mir doch mal zurück, ob ich Dir das Internatsbuch leihen soll. Ich kann's Dir ja mit der nächsten Gummibärchentüte schicken. Mach's gut und schreib schnell zurück!
Hdgdl, Deine beste Freundin Katie

Carlotta will den Brief schon weglegen, als sie sieht, dass auf der Rückseite noch etwas steht:

> PS: Ich glaub, ich schick Dir das Buch doch nicht. Für das eine Schuljahr lohnt es sich eigentlich gar nicht, sich mit den anderen anzufreunden, oder? Wie sind denn die Lehrer so? Und die Jungs?? Macht das Rudern Spaß? Mir wär das viel zu anstrengend, glaub ich!
> Noch mal Tschüssi und bis bald, Deine Katie!

Grinsend faltet Carlotta den Brief zusammen und schiebt ihn in den Umschlag zurück. Katie hat absolut Recht: Es lohnt sich wirklich nicht, sich in Prinzensee mit jemandem anzufreunden. In einem Jahr ist Papa wieder da. Bis dahin muss sie die Zähne zusammenbeißen und Manu und Sofie so gut es geht aus dem Weg gehen.

Leider wird Carlotta fast ständig daran erinnert, dass es mit dem Aus-dem-Weg-Gehen gar nicht so einfach ist. Trotz mehrerer Ermahnungen und Strafarbeiten schafft Manu es nicht, in ihrem gemeinsamen Zimmer Ordnung zu halten. Carlotta ist zwar selbst auch nicht die Ordentlichste und lässt gerne mal etwas liegen, aber Manu ist die ungekrönte Chaosqueen. Nicht nur, dass sie überall ihre Sachen verstreut, sie liebt es auch, eine breite Spur von Schokoriegelpapier, leeren Chipstüten und Colaflaschen hinter sich herzuziehen.

Anfangs hat Sofie noch hinter ihr hergeräumt, den Müll in den gemeinsamen Papierkorb geworfen und den vollen Korb demonstrativ auf Manus Schreibtisch gestellt, aber inzwischen hat sie es aufgegeben. Besonders, seit Manu eine Vorliebe für merkwürdig riechende Knabbersachen entwickelt hat, die sie in ihrem Kleiderschrank aufbewahrt und streng unter Verschluss hält.

Jeden Abend geht sie an den Schrank, raschelt darin herum, nimmt etwas heraus und verschwindet unter einem fadenscheinigen Vorwand aus dem Zimmer.

Bestimmt, um an einem geheimen Ort eine Fressorgie zu veranstalten, vermutet Carlotta. Vielleicht in dem alten Gewächshaus am See?

„Es riecht wie im gärtnerischen Zoo“, jammert Sofie, als sie und Carlotta allein im Zimmer sind.

„Es heißt zoologischer Garten“, korrigiert Carlotta sie. Aber sie stimmt Sofie zu: Es stinkt bestialisch! Warum bewahrt Manu ihr abartiges Knabberzeugs nicht gleich in der Gärtnerei auf? Das wäre doch viel praktischer. Aber wahrscheinlich hat sie Angst, dass es dort entdeckt wird.

„Manu kapiert einfach nicht, dass man auf andere Rücksicht nehmen muss", seufzt sie.

„Auf uns zum Beispiel", nickt Sofie betrübt und widmet sich ihrer Modezeitschrift.

Carlotta steht am Fenster und hat richtig schlechte Laune, wozu auch das miese Wetter der letzten Tage seinen Teil beiträgt. Langsam kündigt sich der Herbst an. Es regnet fast ohne Unterlass. Dazu ist es kalt und windig. Keine Spur mehr von den schönen Spätsommertagen. Die Wege rund um das Schloss und den See sind matschig und mit unzähligen tiefen Pfützen übersät.

Missmutig starrt Carlotta hinaus und zählt die Regentropfen. Zu etwas anderem kann sie sich beim besten Willen nicht aufraffen. Und in einer Viertelstunde fängt das Rudertraining an. Auch das noch!

Seit ein paar Wochen rudert sie nun schon in der AG, und es macht ihr überhaupt kein bisschen Spaß, im Gegenteil. Sie findet es abwechselnd langweilig oder anstrengend. Auf jeden Fall ist es nicht das, was sie sich vorgestellt hat. Dazu kommt noch, dass der blöde Spargel sie ständig daran erinnert, was für ein tolles Vorbild sie in ihrem Vater doch hätte und wie stolz er wäre, wenn Carlotta im Rudersport ähnlich erfolgreich werden würde.

Nie im Leben schaff ich das, denkt Carlotta, während sie überlegt, wie sie aus der Nummer wieder herauskommen soll. Blöd anstellen muss sie sich gar nicht, das macht sie ganz automatisch. Aber jetzt steckt sie in der AG und muss da irgendwie durch. Oder ob man wegen hochgradiger Lust- und Talentlosigkeit einen Wechsel zu einer anderen AG beantragen kann? Schön wär's!

Sofie hebt den Kopf und erzählt ihr, dass es vor ein paar Tagen in den Musikraum hineingeregnet hat und dass das Klavier abgedeckt in einem Nebenraum steht. „Ich kann in der nächsten Zeit nicht üben", jammert sie.

„Das ist ja doof." Carlotta dreht sich um. „Aber du hast doch erzählt, dass du auch Klarinette spielst. Die ist bestimmt so klein, dass du sie überallhin mitnehmen kannst, um zu üben, oder?"

„Meinst du, ich könnte hier ein bisschen üben?", fragt Sofie unsicher. „In unserem Zimmer?"

„Klar", meint Carlotta. „Warum nicht? Natürlich nur, wenn du allein bist. Wenn Manu reitet und ich beim Rudertraining bin, zum Beispiel."

„Ah, das ist eine gute Idee! Ich danke dir, merci beaucoup!" Sofie strahlt sie so glücklich an, dass Carlotta fast ein schlechtes Gewissen bekommt. Vielleicht sollte sie sich mal ein bisschen mehr um die Mitschülerin kümmern? Auch wenn Sofie die meiste Zeit einen Spiegel oder eine Modezeitschrift vor der Nase hat und kaum spricht, ist sie vielleicht doch ganz nett.

Carlotta wirft ihr ein Lächeln zu, während sie in ihr Sportzeug schlüpft, aber Sofie ist schon wieder hinter ihrem Haarvorhang verschwunden.

„Tschüss!", ruft Carlotta ihr zu und schlüpft aus dem Zimmer.

„Au revoir", erwidert Sofie ohne aufzusehen.

Wenig später stapft Carlotta mit langen Schritten murrend durch den aufgeweichten Park. Zwar hat es aufgehört zu regnen, aber es ist kühl und ungemütlich, und von den großen Bäumen tropft es eiskalt in ihren Nacken. Sie zieht die Schultern hoch und schimpft leise vor sich hin. Warum hat sie sich nicht rechtzeitig eine andere AG ausgesucht? Eine, die nicht im Freien stattfindet? Töpfern zum Beispiel, Batik oder Computer. Nein, es musste ausgerechnet Rudern sein!

Dass der Spargel aber auch darauf besteht, dass bei jedem Wetter gerudert wird! Ob das überhaupt erlaubt ist?

„Bestimmt nicht!", schimpft Carlotta laut und tritt zu

allem Überfluss auch noch in eine Pfütze. „So ein Mist! Morgen hab ich garantiert eine Lungenentzündung!"

Ihr linker Schuh quietscht vor Nässe, als sie am Bootshaus ankommt.

Die anderen sind schon da. Brendan sitzt bereits in seinem Einer und rudert mit langen Schlägen über den aufgewühlten See. Das schlechte Wetter scheint ihn überhaupt nicht zu beeindrucken.

Herr Dunker zeigt auf seine überdimensionale volldigitale Sportuhr mit allerlei Zusatzfunktionen wie Stoppuhr, Strecken-, Tiefen-, Höhen- und Geschwindigkeitsmesser und meckert: „Bitte sei ein bisschen pünktlicher, Carlotta. Das Training beginnt um drei, und zwar für alle!" Er deutet auf das einzige Boot, das noch am Ufer liegt.

So was Blödes!, denkt Carlotta. Jetzt muss ich das Teil auch noch schleppen!

Mühsam hebt sie den schmalen Einer auf der einen Seite an, während Herr Dunker die andere Seite nimmt und ihr hilft, das Boot zum See zu tragen. Anschließend trabt Carlotta zum Bootshaus, um die Ruder zu holen.

Als sie zurückkommt, stöhnt sie laut auf. Ihr Boot treibt ein ganzes Stück vom Steg entfernt munter auf den Wellen.

„Kann es sein, dass du vergessen hast, dein Boot am Steg festzumachen?", fragt Herr Dunker vorwurfsvoll. Er nimmt einen langen Bootshaken und zieht das Ruderboot mit einiger Mühe an den Steg zurück. „Carlotta“, sagt er und schüttelt traurig den Kopf. „So geht das aber nicht.“

„Ich weiß.“ Carlotta schluckt. „Entschuldigung, es wird nicht wieder vorkommen.“

Herr Dunker seufzt und hilft ihr, in das kippelige Boot zu steigen. Dann reicht er ihr die Riemen und gibt dem Einer einen kleinen Stoß.

„Danke“, murmelt Carlotta zerknirscht, während sie die Ruder ungeschickt sortiert und in ihre Halterungen an den Auslegern legt.

Als sie draußen auf dem See ist, würde sie am liebsten losheulen. Nicht nur, dass ihr schrecklich klamm und kalt ist, nein, sie ist auch enttäuscht von sich selbst. Nur gut, dass Papa nicht sehen kann, wie blöd sie sich beim Rudern anstellt! Bestimmt wäre er auch enttäuscht. Aber muss der Spargel denn auch alles so bierernst nehmen? Carlotta hat das Gefühl, als wollte der Sportlehrer zukünftige Olympiateilnehmer heranzüchten, so verbissen zieht er das Training durch.

Mit Brendan hat er wahrscheinlich auch schon einen geeigneten Kandidaten gefunden, denkt Carlotta grimmig. Der ist total ehrgeizig und außerdem ein Naturtalent – im Gegensatz zu mir … Nur leider wird er irgendwann für Australien an den Olympischen Spielen teilnehmen und nicht für das Internat Prinzensee. Sie versucht angestrengt, einigermaßen geradeaus zu rudern und dabei dem Uferbewuchs nicht zu nahe zu kommen.

Aber irgendwie scheint die Strömung heute stärker zu sein als sonst, und der Wind weht dazu noch frisch von der Seite. Carlottas Boot wird immer näher ans Ufer gedrückt, sosehr sie sich auch bemüht, dagegen anzurudern. Ihr ist bitterkalt und die Hände tun ihr weh. Der Rücken tut ihr auch weh. Ach, eigentlich tut ihr alles weh. Und Heimweh hat sie auch.

„Ich will nach Hause“, schnieft sie trotzig gegen den Wind. „Sofort! In mein richtiges Zuhause – mit Mama und Papa und meinem Kinderzimmer! So wie's früher war. Dieses beknackte Internat wird niemals mein Zuhause sein. Ich hasse es! Ich hasse es! Und Rudern hasse ich auch!“

„Carlotta Prinz!“, ertönt in diesem Augenblick die Spargelstimme. „Du befindest dich in der geschützten Uferzone!“

Carlotta wischt sich die Tränen aus den Augen und wirft einen genervten Blick über die Schulter. Der Sportlehrer umkreist mit seinem kleinen Motorboot, das er mit einer Hand steuert, eine Boje. In der anderen Hand hält er ein Megafon, durch das er seine Anweisungen blökt.

„Carlotta Prinz, hörst du mich? Komm sofort aus dem Schilf heraus!“, schallt es über den See.

„Wie denn, du Scherzkeks?!“, grummelt Carlotta zurück.

Eines ihrer Ruderblätter hat sich im Schilf verfangen. Das Boot nimmt eine bedrohliche Schräglage ein. Wasser schwappt herein. Wäre die Lage nicht so ernst, das Wasser nicht so eiskalt und sie nicht so verzweifelt, würde sie laut lachen.

Zu allem Überfluss entschließt sich der Himmel genau in diesem Moment, seine Schleusen zu öffnen. Ein heftiger Regenschauer prasselt auf den See nieder und durchweicht Carlotta bis auf die Knochen. Sie weiß nicht, ob sie heulen oder lachen soll. Eigentlich könnte sie auch gleich ins Wasser springen und baden, überlegt sie, so nass wie sie ist.

„Himmel, Hölle und Wolkenbruch!“, kommt ein deftiger Fluch vom Ufer. „Muss das denn ausgerechnet jetzt lospladdern?“

Ein Angler in gelbem Ölzeug packt hastig sein Angelzeug zusammen und sucht unter einem Baum Schutz vor dem Regenguss. Seine Stimme kommt Carlotta sehr bekannt vor.

„Jonas!“, ruft sie. „Bist du das?“

Jonas’ grinsendes Gesicht taucht unter einer riesigen Kapuze auf. „Ach, nee“, lacht er. „Bist du heute zur Abwechslung mal als Wassergeist unterwegs?“

„Witzig! Darf ich später kichern?“ Carlotta zeigt auf ihr festsitzendes Ruderblatt. „Kannst du mal versuchen, ob du das loskriegst? Sonst sitz ich morgen früh noch hier!“

„Null Problemo!“ Jonas hat hohe Gummistiefel an. Ohne zu zögern, watet er in das flache Wasser und hat das Ruder in null Komma nix befreit. „Sonst noch was? Die Seenotrettung verständigen? Oder das Boot ausschöpfen vielleicht?“

Carlotta schüttelt den Kopf. „Danke für das Angebot. Ein anderes Mal vielleicht.“

Vom See kommt ein lautes Tuten. Der Spargel bricht die Unterrichtsstunde ab – endlich!

„Ich muss los.“ Carlotta stößt sich rückwärts mit den Ruderblättern ab und beeilt sich, zu den anderen zu kommen. „Tschüss, und vielen Dank!“

„Da nicht für“, grinst Jonas. „Bin gespannt, aus welcher Patsche ich dich nächstes Mal retten muss.“ Fröhlich winkend stellt er sich wieder unter seinen Baum und pfeift ein Lied.

„Am Sonnabend treffen wir uns zur Bootspflege“, verkündet Herr Dunker, als seine durchweichte Mannschaft im Bootshaus sitzt und das Wasser aus den Schuhen kippt. Carlotta läuft ein eiskaltes Rinnsal aus den Haaren in die Augen. Aber die anderen sehen auch nicht viel besser aus, stellt sie fest. Hannes und Felix lassen die Köpfe hängen wie zwei begossene Pudel. Eins der Mädchen hat sich einen Handtuchturban um den Kopf geschlungen, Brendan hat sich eine halbwegs trockene Trainingsjacke um die Schultern gelegt. Alle bibbern leise vor sich hin.

„Bitte seid pünktlich um zwei Uhr am Steg“, sagt der Spargel. „In wenigen Wochen finden die ersten Ausscheidungsregatten für die Juniorenklasse statt. Bis dahin habe ich zwei zusätzliche Trainingsstunden pro Woche angesetzt.“

Carlotta zuckt zusammen. Das wären ja drei Stunden Rudern jede Woche! Dazu noch Joggen und Krafttraining! Und dann noch Bootspflege und Regatten an den Wochenenden? Unmerklich schüttelt sie den Kopf. Das ist ganz ausgeschlossen!

Wenn man es liebt, in einem wackligen Einbaum zu sitzen und übers Wasser zu gleiten, denkt Carlotta, okay, dann ist es einem die Sache sicher wert, die gesamte Freizeit dafür zu opfern. Aber sonst? Sie hatte ja keine Ahnung, dass eine AG derart in Stress ausarten kann!

„Ich muss am Wochenende zwei Referate ausarbeiten", meldet sie sich tapfer zu Wort. „Ich glaub nicht, dass ich kommen kann."

Sie niest zweimal hintereinander.

Herr Dunker zieht die Augenbrauen zusammen.

„Du hast dich verbindlich für die Ruder-AG eingetragen, Carlotta", sagt er ernst. „Hast du dich denn nicht vorher darüber informiert, was damit einhergeht? Hast du nicht mit deinem Vater darüber gesprochen? Rudern ist ein sehr zeitaufwändiger Sport. Wenn man ihn ernsthaft und erfolgreich betreiben will, muss man bereit sein, einiges dafür zu opfern." Er macht eine Pause und fügt hinzu: „Seine Freizeit und die Wochenenden zum Beispiel, um nur zwei Dinge zu nennen."

Brendan nickt. „Of course", stimmt er seinem Trainer zu.

Die anderen gucken Carlotta an und warten auf ihre Antwort.

„Aber es ging alles so schnell!", bricht es aus ihr heraus. „Ich hatte gar keine Zeit, richtig darüber nachzudenken. Mein Vater ist nicht da, ich konnte ihn nicht fragen. Und Sie haben gesagt, ich kann es erst mal ausprobieren." Sie senkt den Kopf und sagt leise: „Ich dachte, es soll Spaß machen."

„Macht es doch auch", sagt das ältere Mädchen mit dem Handtuchturban verwundert.

Carlotta schüttelt den Kopf. „Dir vielleicht, mir nicht. Ich hab's mir ganz anders vorgestellt. Und außerdem … so gut wie mein Vater werde ich sowieso nie."

So, denkt sie und niest noch einmal. Endlich ist es raus!

„Ach, herrje", murmelt Herr Dunker. „Was machen wir denn da?" Er kommt einen Schritt auf Carlotta zu und legt ihr eine Hand auf die Schulter.

„Ich kann verstehen, dass Sie sauer auf mich sind", setzt Carlotta an, aber der Sportlehrer unterbricht sie sofort.

„Es geht hier nicht um mich", sagt er, „sondern um dich. Wenn du in der Ruder-AG so unglücklich bist, ist es wirklich nicht der richtige Sport für dich. Ehrlich gesagt, glaube ich auch, dass dir das nötige Talent fehlt. Tut mir leid, dass ich dir das sagen muss, aber deine Koordination ist zum Gruseln."

Ein paar Jungs lachen. Herr Dunker wirft ihnen einen

strengen Blick zu, aber Carlotta winkt ab. Es stimmt ja, was der Spargel sagt: Sie hat überhaupt kein bisschen Talent. Von der Koordination ganz zu schweigen, was immer das auch sein mag.

Herr Dunker kratzt sich am Kinn und wirft einen Blick aus dem Fenster.

„Der Regen hat aufgehört“, sagt er. „Lauft ins Schloss, geht unter die heiße Dusche und zieht euch was Trockenes an. Wir sehen uns am Sonnabend.“ Er wendet sich an Carlotta: „Und du gehst morgen ins Sekretariat und suchst dir eine andere AG aus, einverstanden? Eine, die zu dir und deinen Fähigkeiten passt. Vielleicht versuchst du es später noch mal mit dem Rudern, wenn du ein bisschen älter bist. Ich würde mich freuen.“ Lächelnd gibt er Carlotta die Hand.

Die kann gar nichts sagen, so überrascht ist sie. Sie erwidert den Händedruck und murmelt ein leises „Danke“, dann ist sie schon draußen und atmet erleichtert auf.

In einer Pfütze baden zwei Spatzen. Über den See spannt sich ein Regenbogen. Ob Jonas noch angelt? Carlotta hätte große Lust, ihm die Neuigkeiten zu erzählen.

Was für ein Nachmittag!, denkt sie und macht sich auf den Weg.

Sturm in der Nacht und ein heimlicher Ausflug

In der folgenden Nacht tobt ein heftiger Herbststurm über Schloss Prinzensee hinweg. Die Bäume biegen sich im Wind und schlagen mit ihren knorrigen Ästen gegen die Fenster. Über dem aufgepeitschten See grollt lauter Donner. In unregelmäßigen Abständen zucken grelle Blitze über den Himmel. Das alte Gemäuer scheint in allen Fugen zu ächzen und zu stöhnen.

Carlotta liegt hellwach in ihrem Bett, die Decke bis an die Nasenspitze hochgezogen, und hat schreckliche Angst. Immerhin stehen rund um das Internat jede Menge alte, riesengroße Bäume. Wenn da der Blitz einschlägt! Ob das Schloss überhaupt einen Blitzableiter hat, so alt wie es ist? Sie rutscht noch ein bisschen tiefer unter die Decke, hält sich am Marienkäferkissen fest und kneift die Augen zu. Als es besonders heftig donnert, stöhnt sie leise auf. Früher ist sie bei Gewitter immer zu Mama und Papa ins Schlafzimmer gelaufen, zu ihnen ins Bett gekrochen und hat sich versteckt. Seit Mama nicht mehr bei ihnen wohnt, kommt Papa zu ihr ins Zimmer und bleibt bei ihr, bis sie wieder eingeschlafen ist.

Und jetzt?, denkt Carlotta. Jetzt lieg ich hier mutterseelenallein und kriege einen Herzinfarkt nach dem anderen! Oh, Mann! Ob Sofie und Manu wirklich schlafen? Oder tun die nur so und haben in Wirklichkeit genauso viel Schiss wie ich?

Sie traut sich nicht, die Decke zu lüften und nachzusehen. Ein neuerlicher Donnerschlag lässt sie zusammenzucken und leise wimmern.

„Mach, dass es gleich vorbei ist“, murmelt sie. „Bitte!“

Aber das Gewitter hat seinen Höhepunkt noch lange nicht erreicht. Die Abstände zwischen Blitz und Donner werden immer kürzer. Der Sturm nimmt an Stärke zu und fegt schon bald in Orkanböen um das Schloss, durch den Park und über den See.

Zur Beruhigung zählt Carlotta bis hundert und wieder zurück. Unter der Bettdecke wird es langsam warm und stickig. Ihr Hals ist knochentrocken und sie würde zu gerne aufstehen, um sich etwas zu trinken zu holen, aber sie traut sich einfach nicht.

Als es kurz und heftig knallt und gleich darauf ein ohrenbetäubendes Krachen zu hören ist, wirft sie die Decke zur Seite und japst nach Luft. Es hat sich angehört, als ob es irgendwo eingeschlagen hat!

„Wow, das hat gesessen!“ Vor dem Fenster zeichnet sich eine Silhouette ab. Sie trägt einen gestreiften Schlafanzug und hat verstrubbelte Haare.

„Manu?“, flüstert Carlotta. „Bist du das?“

Ein Blitz erhellt das Zimmer. Sie sieht, dass es tatsächlich Manu ist, die am Fenster steht und das spektakuläre Naturereignis fasziniert beobachtet. Sie hat Carlottas Flüstern offensichtlich nicht gehört.

„Manu!“, flüstert Carlotta ein bisschen lauter.

Die Manu-Silhouette dreht sich um. „Was ist?“, fragt sie.

Carlotta setzt sich aufrecht hin. „Kannst du auch nicht schlafen?“

„Machst du Scherze? Bei dem Krach?“ Manu kichert. „Die Einzige, die bei diesem Lärm schlafen kann, ist anscheinend unsere kleine belgische Schönheitskönigin.“

Stimmt, denkt Carlotta. Von Sofie kommt kein Mucks.

„Was machst du da am Fenster?“, fragt sie Manu. „Weißt du nicht, dass das gefährlich ist? Hat’s eben eingeschlagen?“

„Garantiert“, antwortet Manu. Sie tappt durchs Zimmer und durchwühlt den Kleiderhaufen neben ihrem Bett, wie Carlotta im Lichtschein eines Blitzes für Millisekunden erkennen kann.

„Was hast du vor?“ Carlotta blinzelt, um zu sehen, was Manu da macht. Leider vergeblich; außer wenn kurz ein Blitz aufleuchtet, kann sie kaum die Hand vor Augen sehen.

„Ich geh raus“, murmelt Manu, während sie in Jeans und Pulli schlüpft.

„Was!?“ Die Härchen auf Carlottas Unterarmen richten sich einzeln auf. „Spinnst du?“

„Jepp“, kommt die Antwort. „Aber mach dir nichts draus, das liegt in meiner Familie.“ Ein leises Kichern im Dunkeln, das Knarren einer Schranktür. Manu wühlt in ihrem Schrank. Sofort zieht ein strenger Geruch durchs Zimmer. Carlotta hält sich schnell die Decke vor den Mund und atmet flach ein und aus.

„Mon Dieu!“, stöhnt Sofie und richtet sich auf. „Was ist los?“

„Pscht!“, macht Manu. Eine Tüte raschelt, als sie die Schranktür wieder zumacht. „Schlaf weiter!“

Carlotta ist inzwischen glockenwach. An den Gewittersturm, der in unverminderter Stärke tobt und wütet, verschwendet sie keinen Gedanken mehr. „Mensch, Manu! Du kannst doch jetzt nicht da raus! Das ist viel zu gefährlich!“

„Pah!“, entgegnet Manu. Carlotta kann hören, dass sie in ihre Stiefel steigt und einen Anorak überzieht. „Das bisschen Wind und Regen … Ich bin doch nicht aus Zucker!“

Jetzt reicht’s!, denkt Carlotta. Mit einer energischen Handbewegung knipst sie ihr Nachttischlämpchen an. Das Licht blendet sie. „Du hast sie doch nicht mehr alle!“, faucht sie in die Richtung, in der sie Manu vermutet, während sie angestrengt blinzelt. „Wenn dir nun ein Baum auf den Kopf knallt!“

„Könnte schmerzhaft sein.“ Manu lacht leise. „Aber Unkraut vergeht nicht.“

Endlich kann Carlotta etwas sehen. Manu steht vollkommen angezogen an der Tür. Ihre Hand liegt schon auf der Klinke.

Sofie sitzt in ihrem Bett, das Haar wirr auf den Schultern, und starrt sie an, als wäre sie eine Erscheinung. „Was hast du vor, mitten in der Nacht?“, haucht sie.

„Einen Spaziergang machen“, knurrt Carlotta.

„Bingo!“, grinst Manu. „Und jetzt, ihr Süßen“, sie drückt die Türklinke hinunter, „legt euch wieder hin und macht artig euer Nickerchen. Tante Manu ist gleich wieder da. Tschüss!“

Als sie aus dem Zimmer schlüpft und die Tür hinter sich zuzieht, sieht Carlotta, dass sie eine Tüte unter dem Arm hat. Was da wohl drin ist? Und vor allem: Wo will sie damit hin, im Dunkeln, bei Sturm und Gewitter? Oh, Mann!

„Ich verstehe das nicht.“ Sofie schüttelt den Kopf. „Was hat das dumme Mädchen denn nur vor in diesem Brausesturm?“

„Es heißt Sturmgebraus“, verbessert Carlotta sie und fügt leise hinzu: „Wenn ich das nur wüsste …“

Manu hat sich regenfest angezogen, das heißt, sie will wirklich raus. Aber warum denn nur?

Manu hat ein Geheimnis, so viel ist klar. Aber es hat nichts mit nächtlichem Luftschnappen oder geheimen Fressorgien zu tun. Es muss etwas Wichtigeres sein, etwas viel Wichtigeres. Sonst würde sie nicht so viel dafür riskieren.

Carlotta fällt das alte Gewächshaus ein. Was es damit wohl auf sich hat? Ist Manu vielleicht auf dem Weg dorthin?

Eine besonders heftige Windböe rüttelt am Fenster. Über Carlottas Rücken kriecht eine Gänsehaut und lässt sie zittern. Das ist wirklich eine 1a Nacht für Vampire! So richtig schön gruselig mit allem Drum und Dran. Oder haben Vampire Angst vor Regen?

„Ich glaub, wir sollten ihr besser hinterhergehen“, sagt sie und steigt aus dem Bett. „Sie ist ganz allein in dem Unwetter. Falls ihr was passiert, wird niemand sie finden.“

Zu ihrem Erstaunen nickt Sofie sofort.

„Oui“, sagt sie und schlägt entschlossen die Bettdecke zurück. „Du hast Recht! Wir müssen auf die dumme Manu aufpassen und sie zurückholen, bevor etwas geschieht.“

Carlotta starrt sie verblüfft an.

„Was ist?“, fragt Sofie und bindet sich blitzschnell die langen Haare zu einem Zopf zusammen, bevor sie Jeans und einen dicken Rollkragenpullover über ihr Nachthemd zieht.

„Nichts“, grinst Carlotta und schnappt sich ihren Pulli. „Ich wundere mich nur.“

Als sie durch die langen, nur notdürftig beleuchteten Gänge des Internats huschen, fragt Carlotta sich, wie sie überhaupt aus dem Schloss herauskommen sollen. Nachts sind alle Eingangstüren fest verschlossen. Aber auch darauf hat Sofie eine Antwort. „Wir gehen durch den Vorratsraum", raunt sie Carlotta zu. „Da gibt es einen Ausgang für die Not."

„Du meinst einen Notausgang."

„Oui!"

Carlotta wundert sich nur kurz, woher Sofie das wohl weiß.

Hauptsache, sie weiß es.

Unter einigen Zimmertüren dringen schmale Lichtstreifen hervor. Offenbar sind die Mädchen aus Zimmer 128 nicht die Einzigen, die in dieser Sturmnacht keinen Schlaf finden. Aber Carlotta und Sofie haben keine Zeit, sich darüber die Köpfe zu zerbrechen. Geduckt laufen sie die Treppe hinunter, flitzen durch die Eingangshalle und verschwinden schließlich im Speisesaal.

Die Flügeltür zum Vorratsraum der Schlossküche ist unverschlossen. Weiter hinten sieht Carlotta schon das grüne Schild aufleuchten, das den Notausgang markiert.

„Cool", murmelt sie, als Sofie die Klinke der schweren Tür hinunterdrückt. Sie lässt sich mühelos öffnen.

„Diese Tür man kann nur von innen nach außen öffnen", flüstert Sofie. „Zurück müssen wir durch ein Fenster klettern."

Sie öffnet ein Küchenfenster und lehnt es an, damit sie später problemlos hindurchschlüpfen können.

„Hoffentlich drückt der Sturm es nicht auf“, bemerkt Carlotta. Sicherheitshalber stellen sie von innen ein paar Milchkartons gegen den Fensterrahmen. Die können sie später von außen beiseiteschieben.

Dann schlüpfen sie hinaus und stehen im Freien. Sofort erfasst eine Böe die Tür, reißt sie Sofie aus den Händen und schlägt sie mit einem lauten Knall zu. Obwohl im selben Moment ein heftiger Donnerschlag grollt, halten Carlotta und Sofie erschrocken den Atem an.

Carlotta erwartet, dass jeden Moment in der Küche das Licht angeht. Aber alles bleibt dunkel. Sie atmet erleichtert aus.

Mit langen Schritten laufen sie am Schloss entlang bis in den Park. Carlotta wirft einen Blick zurück und sieht, dass hinter einigen Fenstern gedämpftes Licht brennt. Davon abgesehen ist die Fassade des Schlosses in Dunkelheit gehüllt. Es sieht ziemlich unheimlich aus. Wie ein altes Gruselschloss, denkt Carlotta. Aber was war das? Bildet sie es sich nur ein, oder hat sich im zweiten Stock ein Vorhang bewegt? Oder war es vielleicht der Umhang eines Vampirs? Sie spürt, wie eine Gänsehaut über ihren Rücken kriecht. Ihre Nackenhaare richten sich auf. Schnell konzentriert sie sich wieder auf den Weg. Allein der Gedanke daran, bei ihrem heimlichen Streifzug außerhalb des Schlosses erwischt zu werden – egal, ob von einem verärgerten Lehrer oder einem blutrünstigen Vampir –, genügt, um ihre Zähne zum Klappern zu bringen.

Die Laternen am Wegesrand schwanken. Der Regen prasselt auf sie nieder. Schon bald sind die Mädchen patschnass.

„Und nun?“, fragt Sofie. Im Schein der Laternen sieht ihr Gesicht blass aus, geisterhaft, fast durchscheinend. Ihre blauen Augen sind riesengroß.

„Ich glaub, ich weiß, wo Manu ist!“, ruft Carlotta ihr zu und verdrängt ihre Angst. „Komm, wir müssen zum See!“

Sie nimmt Sofies Hand und zieht sie entschlossen hinter sich her. Plötzlich fällt ihr etwas ein und sie bleibt stehen: Was ist, wenn sie sich täuscht? Wenn Manu gar nicht im Gewächshaus ist, sondern stattdessen vielleicht fröhlich, warm und trocken im Aufenthaltsraum sitzt, heimlich fernsieht und dabei Cola und Chips in sich reinstopft?

Nein, ausgeschlossen! Carlotta schüttelt den Kopf und trabt weiter, Sofie im Schlepptau. Ihr Gefühl sagt ihr, dass Manus geheimnisvolles Verhalten und das alte Gewächshaus etwas miteinander zu tun haben. Nur was?, das ist hier die Frage. „Aber das kriegen wir auch noch raus“, brummt sie, Sofies fragenden Blick ignorierend.

Carlotta weiß nicht, wie lange sie und Sofie schon durch die Nacht gestolpert sind. Sie hat das Gefühl, als würden sie sich im Kreis bewegen. Nachts sieht alles ganz anders aus als am Tag. Und dann noch die Kälte, der Regen und der Sturm. Andauernd kleben ihr die Haare vor den Augen und rauben ihr das letzte bisschen Sicht.

„Wär ich doch nur im Bett geblieben“, murmelt sie vor sich hin.

Irgendwann taucht das Bootshaus vor ihnen auf und Carlotta weiß endlich wieder, wo sie sind.

„Links rum!“, ruft sie gegen den Sturm. Ihr Blick fällt auf den See. Er sieht wie verwandelt aus, düster und bedrohlich, als wolle er sie verschlingen. Hohe Wellen schlagen ans Ufer. Die Gischt sprüht bis zu ihnen auf den Weg. Schnell wendet sie den Blick ab und zieht Sofie weiter hinter sich her.

„Mon Dieu“, jammert die. „Ist es noch sehr weit?“

„Nein, wir sind gleich da“, ächzt Carlotta.

Sie traben über den holprigen Joggingpfad am Ufer entlang. Die Laternen des Schlossparks werfen nur noch diffuses Licht auf den Weg. Ein paarmal geraten die Mädchen ins Straucheln und fangen sich gegenseitig auf.

Mannomann!, denkt Carlotta. Wenn ich das Katie erzähle … Das glaubt die nie!

Ein Blitz, gleich danach ein Donner. Kurz darauf ist es still. Echt unheimlich, findet Carlotta.

Sie bleiben stehen und starren sich an. Aber der Sturm hat nur Luft geholt, um umso heftiger weiterzutosen. Fast wirft er sie von den Füßen, und Carlotta bedauert, dass Sofie nicht ein paar Kilo mehr wiegt. Sie ist so leicht und dünn, dass der Wind sie fast umpustet. Carlotta umfasst ihre Hand ein wenig fester, damit sie nicht wegfliegt.

„Das Gewitter ist genau über uns!“, ruft Sofie gegen den Wind an. „Der Abstand zwischen Blitz und Donner ist weniger als 3 Sekunden! Es kann jeden Augenblick einschlagen!“

„Dann müssen wir uns beeilen!“, ruft Carlotta zurück. „Komm!“

Sofie hat Recht: Blitz und Donner folgen einander Schlag auf Schlag. Der Abstand ist kaum noch zu zählen. Das Unwetter ist genau über dem See.

Und wir sind mittendrin, denkt Carlotta entsetzt. Und um uns herum sind nichts als hohe Bäume und ein riesiger See!

Mehr schliddernd als laufend erreichen sie schließlich die Abzweigung zur Gärtnerei. Carlotta bleibt kurz stehen, um sich zu orientieren. Verflixt! Welches Glashaus ist es? Hier stehen ganz viele! Da! Ganz am Ende des Gartengeländes blitzt ein schwacher Lichtschein auf. Wie von einer Kerze oder einer –

„Taschenlampe!“, ruft Carlotta. „Dahinten! Los! Das muss sie sein!“

Sofie strauchelt und fällt hin, aber Carlotta reißt sie sofort wieder hoch. Der Lichtschein flackert. Mal ist er da, dann ist er wieder weg. Jemand bewegt sich hinter den blinden Fenstern.

Bitte, lass es Manu sein!, fleht Carlotta.

Als sie das Gewächshaus erreichen, halten sie unschlüssig an. Sollen sie wirklich einfach so hineinplatzen? Sie wissen schließlich nicht, was sie erwartet. Aber dann fasst Carlotta sich ein Herz und schiebt die Tür zur Seite. Im selben Moment kracht ein Donner und bringt das Glashaus zum Erzittern.

„Ganz ruhig, meine Kleinen“, hört Carlotta eine Stimme. „Keine Angst, ich pass auf euch auf. Euch passiert nichts, versprochen.“

Die Stimme gehört eindeutig Manu, da ist sich Carlotta sicher. Trotz des lauten Tosens kann sie sie zweifelsfrei erkennen. Aber mit wem redet sie da? Wer ist bei ihr?

Carlotta reckt den Hals. Ganz am Ende des länglichen Gewächshauses steht eine Art Bretterverschlag. Manu hockt davor, eine Taschenlampe in der Hand.

Carlotta und Sofie wechseln einen bangen Blick, dann nicken sie sich entschlossen zu und gehen Hand in Hand auf den Verschlag zu.

Drei Mädchen und ein Schwur

Manu hockt auf einer verschlissenen Wolldecke vor dem Verschlag. Darin steht eine Kartoffelkiste, und in dieser Kiste, in einem kuscheligen Nest aus Heu und alten Lumpen, liegen drei junge Hunde. Zwei mit schwarzem und einer mit schwarzweißem Fell. Sie purzeln durcheinander, lecken Manu über die Hand und winseln leise.

Carlotta reißt die Augen auf. Mit allem hat sie gerechnet, aber nicht damit, dass Manu sich klammheimlich als Tierbabysitterin betätigt!

„Mon Dieu!“ Sofie klatscht in die Hände. „Sind die niedlich!“

Wie von einer Biene gestochen springt Manu auf. Sie umklammert ihre Taschenlampe mit beiden Händen und starrt die beiden an. „Wo kommt ihr denn her?“, ruft sie erschrocken. „Was wollt ihr hier?“

Carlotta weicht zurück.

„Keine Panik, bleib ruhig“, sagt sie. „Wir wollten nur mal nachgucken, ob du vielleicht Hilfe brauchst.“

„Ich brauch keine Hilfe! Haut ab!“ Manu schwenkt die Taschenlampe hin und her. Aber Sofie achtet nicht auf sie. Sie geht auf den Verschlag zu und kniet sich vor die Kiste.

„Darf ich mal eins halten?“, fragt sie.

Manu funkelt sie feindselig an, aber Sofie greift schon in das weiche Nest, nimmt vorsichtig einen der winzigen Welpen heraus und drückt ihn zärtlich an sich.

Carlotta wagt sich einen Schritt vor. „Darf ich auch mal?“

„Wenn's sein muss“, knurrt Manu und legt die Taschenlampe zurück.

Sofie streichelt das Hundebaby liebevoll. „Wie heißen sie? Und woher hast du sie?“

„Ach …“, seufzt Manu. „Das ist 'ne lange Geschichte.“ Sie zeigt nacheinander auf die Jungen. „Das sind Smilla, Meggie und Mo. Mo ist der Schwarzweiße, er ist ein Rüde und der Kleinste und Schwächste. Die beiden anderen sind Mädchen.“ Sie versenkt die Hände in den Taschen ihrer Jeans und grinst verlegen.

„Aber woher hast du sie?“, wiederholt Carlotta Sofies

Frage, während sie die kleine Smilla hochhebt, um sie zu streicheln.

„Ihre Mutter ist überfahren worden“, erzählt Manu. „Einer von den Stallhelfern hat's mir erzählt, als ich beim Reiten war. Er wollte die Kleinen umbringen!“ Sie schnaubt. „Er hatte sie schon in einen Sack gesteckt und wollte sie in den See werfen oder mit der Schaufel draufhauen, was weiß ich!“

„Was!?“ Erschrocken betrachtet Carlotta das Hundebaby in ihrem Arm. Es ist so klein und weich und zart. Aus blauen Augen schaut es sie neugierig an und winselt leise.

„Wie kann ein Mensch zu so etwas fähig sein!“ Sofie schüttelt empört den Kopf.

„Keine Ahnung!“, grummelt Manu. „Ich hab den Sack geklaut und hier versteckt. Das Gewächshaus steht zum Glück schon lange leer.“

„Das hast du gut gemacht“, sagt Carlotta und strahlt Manu an.

Manu zieht die Augenbrauen zusammen. „Woher wusstet ihr, dass ich hier bin?“

„Ich hab dich vor ein paar Tagen hier herumschleichen sehen“, gesteht Carlotta. „Außer dem Fernsehzimmer, dem Vorratsraum und dem Süßigkeitenkiosk war's die einzige Möglichkeit, die mir so schnell eingefallen ist, als du vorhin abgehauen bist."

„Du hast mich gesehen? Warum hast du mich nicht verpfiffen?" Manu macht ein erstauntes Gesicht.

„Warum sollte ich?", fragt Carlotta verwundert zurück.

Manu zuckt mit den Schultern. „Keine Ahnung, nur so. Ich war schließlich nicht besonders nett zu dir."

„Das stimmt allerdings", erwidert Carlotta vorwurfsvoll.

Manu schweigt.

Die Mädchen haben das Unwetter fast vergessen, obwohl die dünnen Glaswände des Gewächshauses im Sturm zittern. Der Wind zieht eiskalt durch alle Ritzen und über dem See grollt noch immer Donner. Aber das Gewitter zieht langsam weiter. Das Schlimmste scheint überstanden zu sein.

„Zuerst mussten die Kleinen alle paar Stunden Milch bekommen", erzählt Manu weiter. Sie setzt sich zu Sofie auf die Wolldecke und legt sich den schlafenden Mo auf den Schoß. „Das war ganz schön anstrengend, aber zum Glück konnte mir die Schulköchin Welpenmilch und Fläschchen besorgen. Ich hab sie dafür mit Pferdeäpfeln aus dem Stall bestochen. Für ihr Rosenbeet hinter der Küche." Sie kichert leise.

Carlotta und Sofie grinsen.

„Und womit fütterst du sie jetzt?“, fragt Carlotta. Die kleine Smilla klettert auf ihr herum. Carlotta setzt sich zu Manu und Sofie auf die Decke und legt sich den Welpen auf den Schoß. Unter der Regenjacke ist ihr Wollpulli trocken geblieben. Es scheint Smilla zu gefallen. Sie rollt sich zusammen und schläft fast augenblicklich ein. Im Traum zuckt sie mit den Pfötchen. Carlotta streichelt sie vorsichtig.

„Die Köchin bringt mir Welpenfutter aus der Stadt mit“, sagt Manu. „Und sie versorgt mich regelmäßig mit gekochtem Schinken und anderen leckeren Resten vom Büfett.“

„Gegen Pferdeäpfelbezahlung natürlich“, vermutet Carlotta.

„Klar“, grinst Manu.

„Kann es sein, dass du das Futter und alles andere in deinem Schrank in unserem Zimmer aufbewahrst?“, erkundigt sich Sofie freundlich.

Manu macht ein ertapptes Gesicht. „Es müffelt ein bisschen, was?“

Carlotta nickt. Sofie seufzt nur bestätigend.

„Sorry, aber ich wusste nicht, wohin damit“, erwidert Manu. „Hier in der Gärtnerei konnte ich's nicht lassen.

Das hätte Ratten angelockt, und die hätten den Kleinen vielleicht was getan."

„Bestimmt sogar", meint Carlotta.

„Sicher", sagt Sofie.

Schweigend betrachten sie die schlafenden Welpen.

Mannomann!, denkt Carlotta. Da rettet Manu drei Hundebabys und keiner weiß was davon … Wer hätte das gedacht?

„Aber wie soll es weitergehen?", fragt sie. „Du kannst sie schließlich nicht ewig hier verstecken, und ins Schloss mitnehmen kannst du sie auch nicht."

„Ich weiß", sagt Manu zerknirscht. „Bald sind sie groß, dann muss ich mir was einfallen lassen."

„Und bis dahin willst du sie weiter hier versorgen?", fragt Sofie.

„Was bleibt mir anderes übrig?" Manu legt den schlafenden Mo behutsam in das Nest zurück. Carlotta und Sofie legen seine Geschwister neben ihn. Ohne aufzuwachen, kuscheln sich die drei Welpen eng aneinander und schmatzen leise im Schlaf.

„Sie sind so süß!", flüstert Carlotta.

Sofie und Manu nicken.

Im Gewächshaus breitet sich fast andächtige Stille aus. Der Sturm hat sich gelegt. Nur hin und wieder pfeift noch eine einzelne Böe um das Glashaus und rüttelt an den Scheiben. Regentropfen trommeln auf das Dach, und in den Rohren und Regenrinnen rund um das alte Gewächshaus gluckert und plätschert es leise.

Die Mädchen sitzen dicht nebeneinander. Die Kälte, den Sturm und ihre nassen Sachen haben sie vollkommen verdrängt.

Es ist total friedlich, denkt Carlotta. Richtig schön! Heimlich wirft sie den anderen einen Blick zu.

„Warum können wir uns eigentlich nicht immer so gut vertragen?“, fragt Manu genau in diesem Augenblick, als hätte sie Carlottas Gedanken gelesen.

„Ich weiß nicht“, sagt Sofie leise. „Vielleicht, weil wir zu verschieden sind und uns nicht richtig kennen?“

„Das ist aber doch eigentlich kein Grund, oder?“, meint Carlotta. Sie macht ein nachdenkliches Gesicht.

„Nee“, sagt Manu.

„Non“, bekräftigt Sofie.

Sie wechseln einen Blick und fangen gleichzeitig an zu lachen.

Carlotta durchwühlt ihre klammen Jackentaschen. Irgendwo muss noch eine halbvolle Tüte Lakritzschnecken stecken. Hoffentlich hat der Regen sie nicht total aufgeweicht.

„Tada!“, macht sie, als sie die zerknitterte Tüte in das Licht der Taschenlampe hält. „Wer möchte?“

„Ich!“, ruft Manu sofort.

Carlotta hält ihr die Tüte hin. Auch Sofie greift hinein.

„Eigentlich scheint ihr ja ganz in Ordnung zu sein“, schmatzt Manu, „aber ihr müsst mir trotzdem was versprechen.“

„Was denn?“ Carlotta zieht die Augenbrauen zusammen.

„Dass ihr mich nicht verratet“, antwortet Manu. „Niemand darf von den Welpen erfahren, klar? Wenn rauskommt, dass ich sie hier verstecke, nehmen sie sie mir garantiert weg. Dann bringen sie sie doch noch um. Oder sie stecken sie ins Tierheim.“ Ihr Gesicht ist ernst.

Carlotta und Sofie nicken sofort.

„Schwört ihr's?“, fragt Manu.

„Ich schwör's!“, sagt Carlotta und hebt feierlich die rechte Hand.

„Ich auch!“, macht Sofie es ihr nach.

„Gut“, sagt Manu. „Wenn ihr den Schwur brecht, seid ihr auf ewig verflucht, klar? Dann habt ihr nur noch Pech, bis an euer Lebensende!“

Manus Gesicht ist so ernst und ihre Stimme so eindringlich, dass Carlotta davon überzeugt ist, dass ihre Drohung wahr werden würde. Vielleicht kann Manu hexen? Oder sie kennt jemanden, der Voodoo mit Hühnerknochen und Stoffpüppchen macht? Wer weiß?

Manu ist alles zuzutrauen.

„Ist doch klar“, versichert Carlotta. „Wir verpfeifen dich nicht!“

„Niemals!“, fügt Sofie hinzu.

Manu nickt zufrieden, dann betrachtet sie liebevoll ihre schlafenden Ziehkinder.

„Seid ihr eigentlich freiwillig nach Prinzensee gekommen?“ Sie zieht die Nase kraus. „Oder warum seid ihr in einem Internat gelandet?“

Sofie überlegt nicht lange. Sie wickelt ihre Lakritzschnecke ab, rollt sich die Schnur um den Finger und nickt. „Ich wollte unbedingt nach Prinzensee. Die Schule hat einen guten Ruf in Belgien. Allerdings …“ Sie macht eine kleine Pause, bevor sie weiterspricht. „Ich hab euch doch von meinen Eltern erzählt, die ein Restaurant in der Nähe von Brüssel haben. Das Restaurant ist nicht sehr groß. Meine Eltern verdienen nicht viel und könnten das Internat niemals bezahlen. Deshalb hab ich eine Prüfung gemacht und ein Stipendium bekommen. Ich bin, wie sagt man? Nach oben begabt?“

„Es heißt hochbegabt“, sagt Carlotta.

„Wow!“ Manu stößt einen kleinen Pfiff aus. „Und du hast ein Stipendium für hier? Das ist ja krass! Mann, ich hatte keine Ahnung, dass ich mit einer echten Intelligenzbestie unter einem Dach wohne! Und dann noch im selben Zimmer!“

Sofie lacht. „Ach, es ist nicht so besonders“, wehrt sie ab.

„Und du?“, fragt Manu Carlotta. „Bist du auch nach oben begabt oder so was?“

„Nee“, kichert Carlotta. „Eher das Gegenteil. Ich bin hier, weil mein Vater für ein Jahr ins Ausland musste. Er dreht einen Dokumentarfilm über den Klimawandel.“

„Cool“, findet Manu. „Aber warum bist du nicht bei deiner Mutter geblieben?“

„Weil meine Eltern geschieden sind“, seufzt Carlotta. „Und weil meine Mutter eine neue Familie hat, in der ich mich nicht so wohl fühle. Ich dachte, bevor ich da hingehe, versuch ich’s lieber mal hier. Ist ja nur für ein Jahr“, fügt sie hinzu. „Sobald mein Vater zurück ist, geh ich wieder nach Hause.“

„Aber was ist mit dir?“, will Sofie von Manu wissen. „Warum bist du ins Internat gekommen und sprichst die ganze Zeit davon, dass du nicht lange bleibst?“

„Weil ich im Gegensatz zu euch nicht freiwillig hier bin", antwortet Manu mit grimmigem Gesicht. „Meinen Eltern gehört eine große Supermarktkette. Sie haben ziemlich viel Geld, und meine Mutter ist der Meinung, dass es sich in unseren Kreisen gehört, ein gutes Internat zu besuchen und eine erstklassige Erziehung zu genießen." Sie schnaubt verächtlich. „‚In unseren Kreisen' – wenn ich das schon höre! Und von wegen erstklassige Erziehung … Ich lass mich nicht erziehen! Von niemandem!"

„Heißt das, ihr seid reich?", fragt Carlotta neugierig.

„Stinkreich", nickt Manu. „Mein Vater hat nichts Besseres zu tun, als jeden Tag in seinen Moneten zu baden. Wie Dagobert Duck, ich schwör's!"

Carlotta und Sofie prusten los.

Manu lacht mit, aber dann wird sie wieder ernst. „Außerdem finden meine Eltern mich renitent und schwer erziehbar. Nur weil ich mich auf meiner vorigen Schule ein paarmal mit den Lehrern in die Wolle gekriegt hab."

„Was bedeutet renitent?", fragt Sofie.

„Aufsässig, widerspenstig, so was in der Art", erklärt Carlotta.

„Ah, oui", nickt Sofie. Sie stupst Manu mit dem Zeigefinger an. „Aber du bist wirklich ein bisschen aufsässig und widerspenstig, oder?"

„Na gut, okay. Ein kleines bisschen vielleicht", grinst Manu. „Aber so bin ich nun mal. Ich kann nichts dafür. Ich hab einfach keine Lust dazu, immer Ja zu sagen und den Kopf einzuziehen." Sie kichert. „Der olle Brönne hat neulich zu mir gesagt, ich hätte einen sehr ausgeprägten Charakter, und eine Schule, die damit nicht umgehen könne, wäre eine schlechte Schule. Hoffentlich sagt er das auch mal meinen Eltern!"

„Aber wenn du immer so weitermachst und vom Internat fliegst", wendet Carlotta ein, „wohin willst du dann? Deine Eltern schicken dich doch glatt auf das nächste Internat!"

„Ja, das hab ich mir auch schon überlegt." Manu hebt einen dürren Ast vom Boden auf und malt ein paar Kringel in den Staub. „Mein Vater hat eine ellenlange Liste mit Internaten, auf die er mich schicken könnte. Ein paar von ihnen sind sogar im Ausland. Dann wär ich noch weiter weg von zu Hause. Aber das will ich nicht. Zu Hause hab ich mein Pferd. Wenn ich das nicht wiedersehen darf …" Sie bricht ab. Ihr Gesicht ist ganz traurig.

Carlotta überlegt, ob sie Manu vielleicht in den Arm nehmen soll, aber sie traut sich nicht.

„Du hast Sehnsucht nach deinem Tier, oui?", fragt Sofie mitfühlend.

Manu nickt nur, bevor sie plötzlich zu weinen anfängt.

„Meine Eltern sind so gemein!“, schnieft sie und verbirgt das Gesicht in den Händen. „Nicht mal zum Besuchstag sind sie gekommen! Alle hatten Besuch von ihren Eltern, nur ich nicht!“

„Ich auch nicht“, sagt Sofie. „Meine Eltern hatten kein Geld für die weite Reise. Außerdem konnten sie ihr Restaurant nicht allein lassen.“

Manu hebt das Gesicht und räuspert sich. „’tschuldigung, das wusste ich nicht. Tut mir leid.“

„Ist schon gut“, winkt Sofie ab und holt tief Luft. Ihr Blick wandert zu einem unsichtbaren Punkt am anderen Ende des Glashauses. Auch sie sieht plötzlich schrecklich traurig aus.

Carlotta schweigt betreten. Sie weiß gar nicht, was sie sagen soll. Warum haben sie nur nicht früher darüber gesprochen? Bestimmt wär dann alles viel leichter gewesen!

„Zum Glück haben wir ja uns“, sagt sie schließlich. „Ist doch auch gut, oder?“

Manu und Sofie wenden ihr gleichzeitig die Gesichter zu. Manu wischt sich die Tränen ab und lacht. Sie rückt ein Stückchen näher heran.

„Freundinnen oder Feindinnen?“, fragt sie.

„Freundinnen!“, antworten Carlotta und Sofie, ohne zu zögern.

In seinem Nest hebt Mo den Kopf. Er guckt erstaunt, dann gähnt er und lässt seinen kleinen rosa Gaumen aufblitzen.

Carlotta, Sofie und Manu sitzen vor der Kiste und schauen zu, wie sich der kleine Hund an seine Geschwister kuschelt und wieder einschläft.

Alles ist gut, denkt Carlotta, solange man Freunde hat.

Seite an Seite bleiben die Mädchen sitzen und lauschen auf den Regen, der immer leiser auf das Glasdach prasselt. Erst als einer der Welpen anfängt zu winseln, steht Manu auf und wühlt in einer Tüte. Von dem Rascheln werden die anderen Welpen wach und versuchen aus der Kiste zu klettern.

„Ich muss sie noch mal füttern, bevor wir ins Schloss zurückgehen“, meint Manu und gähnt. „Helft ihr mir?“

„Na klar!“, sagt Carlotta sofort.

Auch Sofie nickt begeistert.

Aus Wasser und Trockenfutter rührt Manu einen Brei an und verteilt ihn auf drei kleine Schälchen. Sie reicht Carlotta und Sofie jeweils eins davon, dann nimmt sie den kleinen Mo aus dem Nest, setzt ihn auf die Decke und stellt ihm das Futterschälchen vor die Nase. Der Welpe macht sich gierig darüber her. Behutsam nehmen Carlotta und Sofie die beiden anderen Hundekinder aus der Kiste und stellen ihnen ebenfalls das Futter hin. Bald hört man nur noch leises, zufriedenes Schmatzen.

„Das ist besonderes Welpenfutter“, erklärt Manu. „Normales Dosenfutter bekommen sie noch nicht.“

Carlotta ist ganz gerührt und kann kaum ihren Blick von den Hundebabys wenden.

Sofie flüstert: „Mon Dieu! Die sind aber hungrig!“

„Dafür schlafen sie dann auch bis morgen früh.“ Manu steht auf und stopft die leere Futtertüte in einen Eimer. Aus einer Plastikflasche gießt sie Wasser in eine Schale und stellt es neben die Fressnäpfe. Meggie stupst neugierig mit ihrer Nase hinein und niest erschrocken. Die Mädchen lachen.

Als alle Näpfe geleert sind, zeigt Manu ihnen, wie man vorsichtig die Bäuchlein der Welpen reibt. „Um die Verdauung anzuregen“, wie sie sagt.

Carlotta staunt. „Woher weißt du das alles?“

„Ich will später ein Tierheim leiten“, erwidert Manu, als wäre das beschlossene Sache. „Da muss man so was wissen.“

Schließlich setzen sie die drei Welpen zurück in ihr Nest. Müde vom Fressen rollen die Kleinen sich sofort zu einem wärmenden Knäuel zusammen und schlafen fast augenblicklich wieder ein.

Carlotta und Sofie räumen die Schälchen zusammen und waschen sie an einem verrosteten Waschbecken ab. Manu schüttelt die Wolldecke aus und deckt damit den Verschlag ab. Mo winselt leise im Schlaf.

„Schlaft gut", flüstert sie den Welpen zu. „Bis morgen."

„Sag lieber bis heute", schlägt Carlotta vor. „Der neue Tag hat längst angefangen. Wenn wir auch noch ein paar Stündchen ins Bett wollen, sollten wir uns langsam beeilen." Sie verteilt die letzten Lakritzschnecken und steckt die leere Tüte in ihre Jackentasche.

„Du hast Recht", erschrickt Sofie. „Hoffentlich werden wir noch nicht vermisst!"

„Wer soll uns schon vermissen, mitten in der Nacht", winkt Manu ab. Sie streckt sich und gähnt. „Die Eselbein hat ihren Rundgang längst gemacht. Ich hab extra solange gewartet, bevor ich abgehauen bin."

„Ganz schön raffiniert", grinst Carlotta.

„Klar", grinst Manu zurück. „Was dachtest du denn?" Sie vergewissert sich noch einmal, dass die Hunde schlafen, und nimmt ihre Taschenlampe.

Als sie das Gewächshaus verlassen, zieht Carlotta die

Schultern hoch. Ihr ist plötzlich schrecklich kalt und außerdem ist sie hundemüde. Sie fragt sich, wie sie in ein paar Stunden in der Klasse sitzen und Aufgaben lösen soll.

Manu verschließt die Tür des Gewächshauses mit einem Riegel und schiebt zur Sicherheit noch ein paar alte Blumentöpfe und Eimer davor.

„Bist du eigentlich sicher, dass dich außer mir niemand beobachtet hat?“, fragt Carlotta.

„Ganz sicher“, nickt Manu. „Der Gärtner ist schon ziemlich alt und arbeitet nur noch stundenweise. Außerdem ist der blind wie eine Steckrübe.“

Kichernd machen sie sich auf den Weg durch die Nacht.

Der Sturm hat einigen Schaden angerichtet. Auf den Wegen liegen abgebrochene Äste und Zweige. Im Schlosspark müssen die Mädchen einem entwurzelten Baum ausweichen und einen kleinen Umweg machen. Zu Carlottas Erstaunen steuert Manu zielstrebig auf die Rückseite des Schlosses zu.

„Bist du etwa auch durch die Küche rausgeschlichen?“, fragt sie.

„Logo“, nickt Manu. „Das ist der einfachste Weg. Ich hab ein Fenster angelehnt, damit ich wieder reinkann.“

„Wir auch!“ Carlotta und Sofie gucken sich an und lachen.

Das letzte Stück legen sie im Schleichgang zurück. Hinter zwei Fenstern im Obergeschoss brennt Licht.

„Klarer Fall von Lehrer mit Schlafstörungen“, raunt Manu den anderen zu und tippt sich vielsagend an die Stirn.

„Welches Fenster wollen wir nehmen?“, fragt Sofie, als sie vor dem Hintereingang der Küche stehen. „Das rechte oder das linke?“

Sie entscheiden sich für das linke, klettern hindurch und verschließen beide Fluchtwege gewissenhaft von innen. Dann schlüpfen sie aus ihren nassen, lehmverschmierten Stiefeln und beseitigen alle verdächtigen Spuren. Manu hebt schnuppernd die Nase.

„Mann, ich hab seit dem Abendessen nichts mehr gefuttert“, murmelt sie begehrlich. „Habt ihr zufällig auch Lust auf einen kleinen verspäteten Mitternachtsimbiss?“ Entschlossen geht sie auf den großen Kühlschrank zu und wirft einen Blick hinein.

„Hmm, lecker … Käse, Quarkspeise, Hackepeter“, zählt sie die Köstlichkeiten auf. „Hier ist auch noch ein Rest Schokoladenpudding von gestern Mittag! Oder möchtet ihr lieber rote Grütze?“ Mit zwei großen Glasschüsseln in den Händen dreht sie sich zu Carlotta und Sofie um.

„Ich nehm den Schokopudding“, sagt Carlotta sofort. Urplötzlich verspürt sie Heißhunger auf etwas Süßes. Schokopudding ist genau das Richtige!

„Oui“, nickt Sofie. „Ich auch!“ Sie nimmt drei große Löffel aus der Besteckschublade und verteilt sie reihum.

Genüsslich versenken die drei Mädchen ihre Löffel in dem Pudding und seufzen. Der Pudding ist die absolute Krönung dieser spannenden Nacht. Besonders, als Manu noch die Sprühsahne aus dem Kühlschrank holt und großzügig verteilt!

Mit den Stiefeln in den Händen huschen sie schließlich durch das stille Schloss zurück in ihr Zimmer.

Mannomann, was für eine Nacht!, denkt Carlotta, als sie wenig später todmüde, pappsatt und unheimlich zufrieden in ihrem Bett liegt.

„Gute Nacht!“, flüstert Carlotta den anderen zu.

Manu rülpst leise und kichert.

„Nacht!“, flüstert sie zurück. „Schlaft schön!“

„Bonne nuit“, wispert Sofie. „Und wunderschöne Träume!“

Alles wird gut

Als am nächsten Morgen der Wecker klingelt, versteckt Carlotta murrend ihren Kopf unter dem Kissen. Sie muss unbedingt noch ein bisschen weiterschlafen. Der Traum war einfach zu schön!

Moment!, denkt sie im Halbschlaf. Das war gar kein Traum!

Sie springt aus dem Bett und ruft: „Aufstehen! Wir kommen zu spät zum Frühstück!"

Im Bett neben der Tür taucht Manus Strubbelkopf unter ihrer Bettdecke auf.

„Was'n los?", knurrt sie heiser. „Brennt's irgendwo?"

„Nee, Quatsch!" Carlotta zieht ihr die Decke weg.

Von Manus lautstarkem Protest wird Sofie wach.

„Mon Dieu", seufzt sie. „Ich hab so schön geträumt ..."

„Ich auch." Carlotta tanzt durchs Zimmer und reißt die Vorhänge auf. Die Sonne scheint, der Himmel ist strahlend blau. Nur ein paar herabgefallene Dachziegel, jede Menge Äste und Zweige überall auf den Rasenflächen und der entwurzelte Baum im Park erinnern noch an das Unwetter der letzten Nacht. Die Luft riecht wie frisch gewaschen.

Und noch etwas erinnert an die letzte Nacht, stellt Carlotta fest und betrachtet seufzend ihre lehmverkrusteten Stiefel, in denen sie vor ein paar Stunden mit Manu und Sofie durch die Dunkelheit gewandert ist. Oje! Ob man die jemals wieder sauber bekommt?

„Na, ob du die wieder blank kriegst?" Manu wirft einen Blick über ihre Schulter und grinst.

Sofie stellt sich vor den Spiegel und kämmt ihre langen Haare. „Egal, heute brauchen wir keine Stiefel", sagt sie. „Le soleil brille. Die Sonne scheint!"

„Stimmt, du nach oben begabtes Kind." Manu wühlt in einem Kleiderhaufen und zieht ein zerknittertes T-Shirt und eine Jeans heraus. Plötzlich schlägt sie sich mit der flachen Hand an die Stirn. „Mist! Wir haben in der ersten Stunde Deutsch, oder?" Carlotta und Sofie nicken. Manu stöhnt auf. „Ich hab die Hausaufgaben vergessen! Die olle Dorsch bringt mich um!"

„Du kannst von mir abschreiben", sagen Carlotta und Sofie gleichzeitig. Sie gucken sich an und lachen.

„Schreib lieber von Sofie ab", meint Carlotta gutmütig. „Die ist schlauer."

„Aber du bist besser in der deutschen Sprache als ich", erwidert Sofie.

„Ich werd einfach von euch beiden abschreiben", grinst Manu. „Dann kann gar nix mehr schiefgehen."

Als Frau Heselein ihre Morgenrunde macht, sind die schmutzigen Stiefel im Schrank versteckt und die Hausaufgaben erledigt.

Manu klatscht die anderen ab.

„Alles paletti!", strahlt sie. „Danke!"

Vor dem Frühstück läuft sie noch schnell zu den Hunden, um sie zu füttern. „Den Welpen geht's gut", raunt sie Carlotta und Sofie zu, als sie wenig später auf ihren Platz schlüpft. Sie gießt Kakao in ihren Becher, nimmt einen großen Schluck und rülpst zufrieden. „Sie haben die Nacht gut überstanden."

„Genau wie wir", stellt Carlotta fest und beißt krachend in ihr Nutellabrötchen.

„Stimmt", lächelt Sofie.

Carlotta erzählt den beiden von ihrer Ruder-Pleite

und dass sie sich eine neue AG aussuchen soll. Manu bestürmt sie sofort, es mit Reiten zu versuchen, aber Carlotta schüttelt den Kopf. „Ich hab Angst vor Pferden“, gibt sie zu.

„Dann kommst du mit mir in die Musik-AG“, schlägt Sofie vor. „Wir haben noch freie Plätze.“

„Ausgeschlossen“, sagt Carlotta. „Ich bin total unmusikalisch!“ Sie fegt ein paar Brötchenkrümel von ihrem Teller direkt in den Mund. „Ich geh in der großen Pause ins Sekretariat und frag mal, wo überhaupt noch ein Platz frei ist. Bei meinem Glück lande ich bestimmt in der Schach-AG.“ Sie macht ein unglückliches Gesicht.

„Oder, noch schlimmer, in der ‚Tanz-wie-ein-echter-Star‘-AG.“ Manu zwinkert ihr zu. „Da kannst du dann mit unseren Barbiepüppchen Nadine und Simone tanzen lernen wie ein Popstar!“

Carlotta wirft einen unauffälligen Blick zum Nachbartisch, wo Nadine und Simone gerade die Farbtöne ihrer schimmernden Nagellacke einem Vergleich unterziehen.

„Bloß das nicht!“, murmelt sie. „Dann doch lieber Schach!“

In der großen Pause geht Carlotta zum Sekretariat. Sie klopft an.

„Herein!“, ruft Frau Müller-Stürzelbach.

Carlotta öffnet die Tür und lugt um die Ecke.

„Hallo, Carlotta, komm ruhig herein“, sagt die Schulsekretärin. „Herr Dunker hat mich schon informiert. Du kommst wegen der AG, stimmt’s?“

Carlotta nickt. „Genau.“

Frau Müller-Stürzelbach nimmt eine Liste zur Hand und mustert sie eingehend. „Hm“, macht sie. „Die meisten AGs sind inzwischen voll belegt. Es ist eigentlich nicht üblich, nachträglich zu wechseln.“

„Ich weiß“, murmelt Carlotta. „Es ist ja auch nur, weil …“

Frau Müller-Stürzelbach unterbricht sie. „Am besten wirfst du selbst einen Blick in die Liste“, schlägt sie vor und reicht ihr den Zettel. „Ein paar Einzelplätze sind noch frei. Wie wär’s mit Philosophie?“

Carlotta zieht den Kopf ein. Sie weiß ja noch nicht mal, was das ist.

Zum Glück schüttelt Frau Müller-Stürzelbach den Kopf und murmelt: „Ach, ich sehe gerade, das ist erst ab 16. Vielleicht etwas Naturwissenschaftliches? Physik, Chemie oder Mathe?“

Hilfe!, denkt Carlotta. Mathe in der Freizeit? Bloß das nicht!

Sie nimmt der ratlosen Sekretärin die Liste aus der Hand und überfliegt sie. Hm, Badminton vielleicht? Oder Freeclimbing? Nee, geht nicht. Sie ist nicht schwindelfrei.

Töpfern und Bogenschießen sind ausgebucht, schade. Bildhauerei auch. Aber wie wär's mit Fotografie und digitale Bildbearbeitung? Klar, das ist es doch! Seit sie auf Prinzensee ist, hat sie die Gummibärchenfotografie sträflich vernachlässigt. Höchste Zeit, das zu ändern!

Sie guckt nach, wer die AG leitet. Herr Frankenberg, der Unterstufenleiter.

Der ist supernett, denkt Carlotta. Bestimmt hat er nichts gegen Gummibärchen. Und falls doch, fotografiere ich eben mal was anderes. Kann auch nichts schaden.

„Wenn's geht, würde ich gern in die Foto-AG von Herrn Frankenberg gehen", sagt sie.

Frau Müller-Stürzelbach studiert die Liste und nickt. „Ja, das geht. Es ist noch ein Platz frei. Soll ich dich eintragen?"

„Ja, bitte!"

Die Sekretärin macht einen Eintrag. „Die AG findet jeden Montag- und Mittwochnachmittag statt. Treffpunkt ist das Labor im naturwissenschaftlichen Trakt im

Untergeschoss. Am besten sprichst du vorher noch mal mit Herrn Frankenberg. Er wird dir dann alles erklären.“

Es gongt zur Stunde, die Pause ist zu Ende.

„Klasse“, freut sich Carlotta. „Vielen Dank!“

„Gerne“, sagt Frau Müller-Stürzelbach und wendet sich wieder ihrer Büroarbeit zu. „Einen schönen Tag noch.“

„Ihnen auch!“

Fröhlich hüpft Carlotta den Gang entlang und beeilt sich, in ihre Klasse zu kommen, um Sofie und Manu die Neuigkeiten zu erzählen.

In einer Freistunde am Nachmittag verschwindet Carlotta in der Bibliothek, um nachzuschauen, ob neue E-Mails für sie angekommen sind. Brendan sitzt an einem der Computer-Terminals und nickt ihr freundlich zu. Carlotta nickt zurück und setzt sich an einen freien Platz. Im Nu hat sie sich eingeloggt und checkt ihr Mail-Postfach. Mama hat ihr ein Foto von den Zwillingen geschickt und Katie eine witzige Grußpostkarte mit einem sprechenden Kaninchen.

Auch von Papa ist elektronische Post eingetroffen. Mit klopfendem Herzen öffnet Carlotta die Nachricht und fängt an zu lesen.

Liebe Carlotta, ich hoffe, es geht Dir gut? Nach einer anstrengenden Reise sind wir wohlbehalten im Krüger-Nationalpark angekommen. Hier hat es durch einen plötzlichen Temperatursturz und ausgiebige Regenfälle vor Kurzem ein Massensterben Zehntausender Schwalben gegeben, das den Forschern große Rätsel aufgibt. Sie bringen es mit den Klimaverschiebungen in Verbindung. Wir werden einige Zeit hier verbringen, bevor wir zu einer Expedition in die Provinz KwaZulu-Natal aufbrechen.

Da ich von unterwegs voraussichtlich keine Gelegenheit mehr haben werde, Dir regelmäßig Mails zu schreiben, schicke ich Dir stattdessen in den nächsten Tagen mein Reisetagebuch. Ich schreibe täglich auf, wo wir sind, was wir erlebt haben und was wir als Nächstes vorhaben. Vielleicht interessiert es Dich, zu erfahren, womit Dein steinaltes Väterchen seine Zeit totschlägt und in welchem gottverlassenen Winkel des Erdballs er gerade steckt?

Das erste Tagebuch habe ich gestern beendet und bringe

es heute zur Post. Per Luftpost nach Deutschland wird es einige Zeit unterwegs sein, aber in spätestens zwei bis drei Wochen solltest Du es haben. Sobald das nächste Tagebuch voll ist (und sofern ein Postamt in der Nähe ist), schicke ich es hinterher. So bekommst Du im Laufe der nächsten Monate eine richtige kleine Reisebibliothek von mir. Na, wie findest Du das?

Wie ich das finde?, denkt Carlotta. Superspitzenklassetoll natürlich! Aufgeregt liest sie weiter:

Bitte pass gut auf die Tagebücher auf. Ich werde sie später für meine Arbeit brauchen. Wenn Du Zeit und Lust hast, schreib mir zurück. Meine Adresse findest Du weiter unten. Wenn Du den Brief postlagernd schickst, kann ich ihn abholen, sobald ich wieder in der Zivilisation bin. Bis dahin denk ich an Dich. Ich hab Dich lieb, pass auf Dich auf.
Dein Papa in der Ferne.

Glücklich liest Carlotta die Mail ein zweites Mal, bevor sie sie ausdruckt und den Ausdruck in ihren Rucksack schiebt.

Papas Reisetagebuch, wie spannend! Hoffentlich

braucht die südafrikanische Post nicht bis Weihnachten! Sie kann es kaum erwarten, darin zu lesen.

Schnell macht sie sich daran, Papa eine Antwortmail zu schreiben und sich zu bedanken. Mit viel Glück kann er die Mail noch lesen, bevor er in die Provinz mit dem komischen Namen aufbricht.

Kurz entschlossen beichtet Carlotta ihm auch noch ihre misslungene Ruderkarriere und ihren hoffnungsvollen Neustart als Fotografin.

Papa wird das schon verstehen, ist sie überzeugt. Vielleicht freut er sich sogar, dass ich jetzt fotografiere? Ist immerhin so ähnlich wie Filmemachen, oder?

Mit einem zufriedenen Lächeln schickt sie die Mail ab und loggt sich aus dem Terminal aus.

Mehrmals täglich flitzt Carlotta in den nächsten Tagen zu ihrem Fach in der Eingangshalle. Jeder Schüler hat ein eigenes Postfach für Briefe, Karten und Päckchen. Leider stellt Carlotta schon von Weitem fest, dass ihres so leer ist, dass sich eine kleine Spinne häuslich darin niedergelassen und ein feines Netz gesponnen hat. Aber wenigstens hält

Katie sich an ihr Versprechen und schreibt regelmäßig, wenn auch meistens nur kurze Postkarten mit „Wie geht's Dir? Mir geht's gut. Bis bald!" drauf. Die letzte Gummibärchenlieferung liegt auch schon zwei Wochen zurück. Carlotta nimmt sich vor, ein ernstes Wörtchen mit ihrer Freundin zu reden. Ohne Gummibärchen läuft gar nichts!

Um sich von der Warterei auf die Gummibärchen und Papas Reisetagebuch abzulenken, verbringt sie viel Zeit mit Sofie, Manu und den Welpen. In jeder freien Minute schleichen die drei Mädchen unauffällig zu dem alten Gewächshaus, um Smilla, Meggie und Mo zu füttern und mit ihnen zu spielen.

Die jungen Hunde bekommen inzwischen Dosenfutter und werden mit jedem Tag lebhafter und unternehmungslustiger.

„Lange kann ich sie nicht mehr verstecken", jammert Manu. „Sie brauchen viel mehr Platz und Auslauf."

„Hast du schon im Reitstall gefragt, ob du sie dort hinbringen kannst?", fragt Sofie. Meggie krabbelt auf ihrem Schoß herum und knabbert an ihren langen Haaren.

Manu schüttelt betrübt den Kopf. „Der Stallmeister hat's verboten. Er will nicht noch mehr Viecher auf dem Hof haben, hat er gesagt." Sie krault Smilla und Mo.

„Außerdem hat er zwei große Jagdhunde. Die würden die Kleinen wahrscheinlich als Leckerbissen betrachten und ratzfatz auffressen. Und dann ist da auch noch dieser fiese Stallhelfer, der die drei umbringen wollte. Nee, das geht gar nicht."

„Hm, das ist blöd." Carlotta runzelt die Stirn und überlegt. Es muss doch eine Lösung geben, beziehungsweise ein gutes Zuhause für drei niedliche junge Hunde!

Auf dem Rückweg zum Schloss sind die Mädchen tief in Gedanken versunken. Es ist schwierig, nicht aufzufallen und das Versteck der Hunde geheim zu halten. Ein paarmal haben Nadine und ihr ständiger Schatten Simone schon neugierig gefragt, warum sie immer so geheimnisvoll tun und wohin sie andauernd verschwinden. Wahrscheinlich ist es nur eine Frage der Zeit, bis sie sich auf die Lauer legen und ihnen nachspionieren.

Verdrossen kickt Carlotta einen kleinen Kieselstein vom Weg, als sie im Schutz der hohen Bäume plötzlich eine vertraute Gestalt am Seeufer sitzen sieht. Jonas! Ob der vielleicht eine Idee hat? Immerhin wohnt er schon länger in Prinzensee und kennt bestimmt ein paar Leute, vielleicht sogar den einen oder anderen Hundefreund.

Aufgeregt zupft Carlotta an Manus Ärmel. „Du,

ich weiß, dass ich geschworen hab, niemandem etwas von den Welpen zu verraten, aber könntest du nicht ausnahmsweise eine Ausnahme machen? Eine klitzekleine? Ich glaub, ich hab eine Idee!"

Manu bleibt stehen und schiebt die Stirn in Falten. „Was denn für eine Idee?", fragt sie misstrauisch.

„Ich weiß nicht, ob's funktioniert", gibt Carlotta zu. „Aber einen Versuch wär's wert. Ich kenne jemanden, den ich fragen könnte, ob er nicht zufällig jemanden kennt, der Platz für Smilla, Meggie und Mo hat."

„Hä?", macht Manu. „Kannst du mal Klartext reden?"

Sofie runzelt die Stirn und macht ein Gesicht, als hätte sie kein Wort verstanden.

„Ach, vergesst es", seufzt Carlotta. „Kommt einfach mit!"

Jonas sitzt auf einem flachen Stein am Seeufer und hält eine Angel ins Wasser. Neben ihm stehen eine große Colaflasche und ein Eimer.

Carlotta späht hinein; der Eimer ist gähnend leer. Carlotta unterdrückt ein Lachen. Sie hat vor ein paar Tagen das Buch „Die Abenteuer von Tom Sawyer und Huckleberry Finn" von Mark Twain in der Bibliothek entdeckt und beim Lesen festgestellt, dass Jonas nicht nur äußerlich große Ähnlichkeit mit dem Helden hat. Der angelt auch ständig und fängt nur selten etwas.

„Ach nee“, grinst Jonas und wirft zuerst Carlotta, dann Sofie und Manu einen neugierigen Blick zu. „Das wasserscheue Waldgespenst hat Verstärkung mitgebracht!“

„Hört am besten gar nicht auf ihn“, sagt Carlotta zu den anderen. Sie wendet sich an Jonas: „Hi! Schon was gefangen?“

„Nö“, brummt Jonas gleichmütig. „Ich glaub, auf dieser Seite des Sees gibt's gar keine Fische.“

Manu runzelt die Stirn. „Und wieso angelst du dann hier?“

Jonas schiebt sich einen dünnen Schilfhalm zwischen die Zähne und mustert Manu von unten bis oben. „Wer sagt denn, dass ich angele? Ich bade nur meine Schnur im Wasser.“

Sofie kichert und zieht dabei eine Augenbraue hoch. „Kann es sein, dass dieser Junge ein bisschen zu viel in der Sonne war?“

„Ach, der ist immer so“, winkt Carlotta ab. „Ich hab euch doch gesagt, ihr sollt gar nicht auf ihn hören.“

Jonas grinst zufrieden vor sich hin, während er bedächtig auf dem Schilfhalm kaut und seine Angel schwenkt.

„Und?“, fragt er nach einer ganzen Weile. „Aus welcher Patsche soll ich dich heute retten?“

Carlotta sucht sich einen Stein neben ihm und setzt sich hin. Manu und Sofie machen es ihr nach.

„Kannst du Gedanken lesen oder so was?“, wundert sie sich.

„Ist nicht besonders schwer“, findet Jonas. „Du machst so ’n Gesicht.“

„Echt?“

Wieder nickt Jonas, dann sagt er: „Also, schieß los. Onkel Jonas hat nicht den ganzen Tag Zeit. Außerdem“, fügt er hinzu, „verscheucht ihr mir die Fische.“

„Hä? Ich dachte, hier gibt’s gar keine –“, setzt Manu an, aber Carlotta unterbricht sie schnell.

„Es geht um drei süße kleine Mischlingswelpen, die dringend ein neues Zuhause brauchen“, sagt sie.

Jonas wirft ihr einen verwunderten Blick zu. „Und was hab ich damit zu tun?“

Meine Güte, ist der stur, denkt Carlotta.

„Ich dachte, du wüsstest vielleicht jemanden, der Hunde mag und Platz hat.“

„Klar“, sagt Jonas. „Wüsste ich.“

Manu springt auf. „Was!? Echt?“

Wieder nickt Jonas.

„Nun lass dir doch nicht jedes Wort einzeln aus der Nase ziehen!“, jammert Carlotta.

Sofie kichert leise. Manu verdreht die Augen.

„Hilfe“, stöhnt sie. „Ich brauch dringend was Süßes, sonst brech ich zusammen und fall in den Tümpel!“

„Das ist ’n See“, stellt Jonas freundlich richtig, „und kein Tümpel.“

„Wo ist denn da der Unterschied?“, knurrt Manu.

„Ist doch egal“, mischt Carlotta sich ein. „Darum geht’s doch jetzt auch gar nicht. Es geht um die –“

„Welpen“, sagt Jonas. „Sag ich doch!“

„Was sagst du?“, fragt Carlotta.

„Na, dass ich jemanden weiß, der Welpen mag“, antwortet Jonas. „Meine Mutter ist im Tierschutzverein für die Welpennothilfe zuständig und schleppt andauernd irgendwelche Pflegefälle zu Hause an. Manche vermittelt sie weiter, aber ab und zu behalten wir auch welche. Im Moment haben wir zwei alte Hunde, die bei uns ihr Gnadenbrot bekommen. Da kommt’s auf drei mehr oder weniger doch nicht an, oder?“

Carlotta starrt ihn sprachlos an.

„Was ist?“, fragt Jonas. „Hat’s dir die Sprache verschlagen, oder übst du schon mal für dein nächstes Leben als Fisch?“

„Mann, Jonas!“, japst Carlotta, als sie wieder sprechen kann. „Warum hast du das nicht gleich gesagt?“

Vom See dringen laute Rufe herüber und lenken sie ab. Der Spargel umkreist die Ruder-AG mit seinem Motorboot und blökt seine Kommandos durchs Megafon. Carlotta kann ein breites Grinsen nicht unterdrücken.

„Weil du mich nicht gefragt hast, vielleicht?“, kommt Jonas auf das eigentliche Thema zurück.

„Stimmt“, gibt Carlotta zerknirscht zu. „Aber wer ahnt denn, dass deine Mutter eine Hundeexpertin ist.“

„Ist doch piepegal!“ Manu springt auf und hüpft vor Freude auf ihrem Stein herum. „Hauptsache, sie nimmt die drei! Sie nimmt sie doch, oder?“

„Garantiert“, bestätigt Jonas. „Wenn die ’nen jungen Hund sieht, kann sie gar nicht anders.“

„Hurra!“, jubelt Manu und hüpft noch höher. Im nächsten Augenblick rutscht sie von dem Stein ab. Mit weit aufgerissenen Augen, hektisch mit den Armen rudernd, versucht sie noch, das Gleichgewicht zu halten. Vergeblich. Unter den überraschten Blicken der anderen fällt sie mit einem lauten Platsch in den See.

„Mon Dieu!“ Sofie hält sich erschrocken die Hand vor den Mund.

„Manu!“, ruft Carlotta.

„Krass!“, grinst Jonas. „Ich sag doch, dass die mir die Fische verscheucht!“

Noch am selben Nachmittag bringen die Mädchen die Welpen in ihr neues Zuhause. Jonas begleitet sie mit seinem Mountainbike und zeigt ihnen den Weg. Während Manu im Schloss trockene Sachen angezogen hat, hat er seine Mutter gefragt. Sie hat sofort zugestimmt, die Waisenkinder bei sich aufzunehmen.

Das kleine Wohnhaus des Hausmeisters liegt hinter dem Bootshaus inmitten eines verwilderten Gartens direkt am See. Es ist von hohen Bäumen und dichten Büschen umstanden. Manu sieht sofort, dass ihre Hundebabys sich dort wohlfühlen werden.

Im hohen Gras liegt ein alter Spaniel in der Sonne und schläft. Ein kleiner Mischling mit grauem Fell kommt angetrabt und schnuppert neugierig an der Welpenkiste.

„Das ist ja ein richtiges Hundeparadies“, staunt Manu.

„Logo“, bestätigt Jonas. „Nachts flattern hier sogar Flughunde rum.“

Sofie reißt erschrocken die Augen auf. Jonas lacht.

„Keine Panik“, sagt er. „Tagsüber schlafen die. Außerdem sind’s nur Mini-Fledermäuse und keine fliegenden Hunde.“

Smilla, Meggie und Mo lugen über den Rand ihrer Transportkiste und jaulen leise. Behutsam setzt Manu die Kiste ab und guckt zu, wie die Kleinen herausstolpern und ihr neues Zuhause bestaunen.

„Was sind das denn für Prachtkerlchen!“, ruft eine schlanke Frau in blauen Latzhosen. Sie tritt aus dem Haus, begrüßt die Mädchen, strubbelt Jonas kurz durchs Haar und nimmt die Welpen nacheinander auf den Arm. „Und die wollt ihr mir wirklich anvertrauen?“

Manu nickt.

„Oh, wie schön!“ Jonas’ Mutter setzt die Kleinen zurück ins Gras und betrachtet sie liebevoll. „Es wird ihnen hier gefallen.“

„Ja, das glaub ich auch“, sagt Manu. „Vielen Dank, dass Sie sie nehmen. Ich hab noch ein paar Dosen Futter in der Kiste. Ich glaub, das reicht für die ersten Tage.“ Sie zögert, bevor sie weiterspricht. „Könnte ich sie vielleicht ab und zu mal besuchen? Nur, um zu sehen, wie’s ihnen geht?“

„Jederzeit. Ist doch klar!“, versichert Frau Blum.

Carlotta grinst Jonas an. Der zwinkert ihr zu.

Dann erzählen die Mädchen Frau Blum, was der Stallhelfer mit den Welpen vorhatte und wie Manu sie in letzter Sekunde retten und verstecken konnte.

Jonas' Mutter ist beeindruckt und lobt Manus Aktion.

„Diesen Stallburschen werde ich mir mal persönlich vorknöpfen", sagt sie entrüstet. „Wie kann ein Mensch, der in einem Stall mit Tieren arbeitet, so brutal sein? Ich glaube, der hat seinen Beruf verfehlt. Für solche Notfälle gibt es doch schließlich Tierheime und Auffangstationen. Ich werde mich darum kümmern, dass so etwas nicht noch einmal passiert. Aber jetzt gibt's erst mal Kakao und Kuchen. Ich hab den Tisch auf der Terrasse gedeckt. Macht es euch gemütlich."

Ein paar Minuten später sitzen Carlotta, Sofie und Manu im Schatten eines bunten Sonnenschirms und genießen kalten Kakao und Streuselkuchen. Jonas hat blitzschnell drei große Stücke verputzt. Jetzt liegt er im Gras und spielt mit den Welpen. Smilla und Meggie klettern auf ihm herum, während Mo konzentriert versucht, den langen Grashalm zu fangen, den Jonas ihm hinhält. Seine Mutter guckt lächelnd zu.

„Na, bist du jetzt zufrieden?", flüstert Carlotta Manu zu.

Die nickt. „Und wie!“

„Willst du trotzdem immer noch so schnell wie möglich weg von hier?“, fragt Sofie leise.

Manu überlegt eine Weile, bevor sie antwortet.

„Ich glaub nicht“, sagt sie schließlich. „Ich kann ja die Hundebabys nicht allein lassen. Und euch auch nicht, oder? Ich muss also hierbleiben, ob ich will oder nicht.“ Sie macht eine kleine Pause und grinst, bevor sie weiterspricht. „Inzwischen gefällt's mir hier eigentlich auch ganz gut. Okay, die Lehrer nerven zwar, und in der Schule werd ich auch nie eine Leuchte sein, aber ich glaub, es gibt Schlimmeres. Ich bleib hier. Vorläufig jedenfalls“, fügt sie hinzu.

Fröhlich stoßen die drei Mädchen mit ihrem Kakao an.

„Kein Internat auf Probe mehr“, beschließt Carlotta und blinzelt in die Sonne. „Abgemacht!“

Hier kommt Carlotta!

Als Carlotta ein paar Tage nach den aufregenden Ereignissen und Manus denkwürdigem Entschluss, vorerst auf Prinzensee zu bleiben, in ihr Zimmer stürmt, liegt ein Stapel Post auf ihrem Schreibtisch. Jemand muss die Postfächer geleert und alles mit hochgebracht haben.

Eine Modezeitschrift und ein Brief aus Belgien für Sofie und zwei Postkarten für Manu liegen obenauf; darunter kommt ein dicker Briefumschlag mit exotisch aussehenden Briefmarken zum Vorschein.

Carlotta nimmt den Umschlag in die Hand, betrachtet ihn von allen Seiten und runzelt die Stirn, aber dann erkennt sie die Handschrift: Post von Papa! Endlich!

Aufgeregt reißt sie den Umschlag auf und hält ein dickes, ledergebundenes Tagebuch in der Hand. Als sie es vorsichtig durchblättert, fallen eine kleine Karte und ein Foto heraus.

Das Foto zeigt Papa. Braun gebrannt und gut gelaunt strahlt er in die Kamera. Carlotta legt es beiseite und dreht die Karte um, um sie zu lesen.

Liebe Carlotta! Hier kommt Tagebuch Nummer eins. Pass gut darauf auf. Vielleicht ist es eines Tages wertvoll. (Kleiner Scherz, aber man weiß ja nie …) Wenn Du dies liest, bin ich schon in KwaZulu-Natal, einer tropischen Region auf der Kap-Halbinsel. Viele liebe Grüße und viel Spaß beim Lesen und Entdecken wünscht Dir
Dein oller Papa.
PS: Ich hab Dich sehr lieb und denk an Dich!

Carlotta drückt das Buch an sich. Wie lieb von Papa! Sie befestigt das Foto an ihrer Pinnwand, schafft Platz in ihrem Bücherregal und stellt das Tagebuch hinein.

Gleich heute Abend fang ich an zu lesen, nimmt sie sich vor. Ich bin ja schon so gespannt!

Wenig später sitzt sie an ihrem Schreibtisch, verdrückt ein paar Gummibärchen und trommelt mit dem Füller auf ihrem Briefpapier. Ihr ist siedend heiß eingefallen, dass sie Katie schon ewig lange nicht mehr geschrieben hat. Dabei ist doch so viel passiert, was die Freundin unbedingt wissen muss! Fieberhaft überlegt sie, womit sie anfangen soll, dann fliegt der Füller plötzlich wie von allein über das hellblaue Papier.

Sie erzählt Katie alles – und das ist eine ganze Menge. Dass sie aus der Ruder-AG ausgetreten ist und dafür in der Foto-AG mitmacht. Dass sie zusammen mit Manu und Sofie drei Hundebabys gerettet hat und dass sich die Probleme mit den beiden in Luft aufgelöst haben.

So viel ist passiert, denkt Carlotta. Und das ist bestimmt tausendmal besser als alles, was in Katies Internatsbüchern steht. Weil ich es nämlich wirklich erlebt hab, denkt Carlotta glücklich.

Aus dem Park kommt ein lautes Wiehern. Sie springt auf und lehnt sich aus dem Fenster. Eine Abteilung Reiter trabt auf ihren Pferden vorbei. Manu winkt von einem großen Schimmel zu ihr herauf. Carlotta winkt zurück.

Als die Reiter verschwunden sind, wandert ihr Blick zum See hinüber. Neben dem Bootshaus steht ein strohblonder Junge in Jeans und gestreiftem T-Shirt am Ufer.

Er hält eine Angel ins Wasser und hat Ähnlichkeit mit Huckleberry Finn. Carlotta grinst. Ob Jonas wohl jemals einen Fisch fängt?

Solange der Spargel mit seinem Motorboot rumbrummt und dabei Kommandos durch sein Megafon blökt, bestimmt nicht, denkt sie kichernd. Der macht doch alle Fische scheu!

Als sie sich umdrehen will, dringt von irgendwoher leises Klavierklimpern herauf. Sofie hat erzählt, dass der Musikraum wieder trocken ist und dass sie endlich wieder Klavier spielen kann.

Die kleine Melodie gefällt Carlotta. Sie macht das Fenster ganz weit auf, damit sie die Musik an ihrem Schreibtisch hören kann. Mit einem kleinen Lächeln im Gesicht widmet sie sich wieder ihrem Brief:

Manu will später mal ein Tierheim leiten. Was Sofie werden will, weiß ich nicht. Ich tippe auf Model, weil sie so dünn ist und so wenig isst und andauernd vorm Spiegel rumhängt. Oder vielleicht Rechtsanwältin, weil sie so schlau ist? Egal, wir haben ja noch genug Zeit, um uns zu entscheiden. Wir sind schließlich erst in der Fünften.

Plötzlich fällt ihr ein, dass sie in der Bibliothek ein altes Buch entdeckt hat, in dem steht, wie Prinzensee zu seinem Namen gekommen ist. Das muss sie Katie unbedingt noch erzählen!

Ihr Füller fliegt über das Papier, als sie schreibt, dass vor Hunderten von Jahren zwei hübsche junge Prinzen im Schloss gelebt haben sollen, der eine blond, der andere schwarzhaarig, die sich eines Tages in ein und dasselbe wunderschöne Bauernmädchen verliebt haben. Doch das Mädchen, es hieß Marie, konnte sich nicht für einen von ihnen entscheiden. Sie war in beide Prinzen verliebt, und außerdem – das war das größte Problem! – hatte ihr Vater sie schon dem hässlichen alten Schmied versprochen.

Als Marie den Schmied tatsächlich heiraten musste, ist sie an gebrochenem Herzen gestorben. Die beiden Prinzen waren darüber so traurig, dass sie mit ihrem Segelboot auf den See hinausgefahren und in einem Sturm ertrunken sind.

Seitdem heißt Prinzensee Prinzensee. Und auf dem Schloss liegt ein düsterer Fluch.

Was für eine Geschichte!, denkt sie. In dem Buch steht weiter, dass die ruhelosen Seelen der unglücklichen Prinzen und des Bauernmädchens bei Vollmond manchmal durch die Gegend spuken. Zum Glück sind sie ihr bisher noch nicht begegnet. Das würde ihr gerade noch fehlen!

Sie wirft sich ein letztes Gummibärchen in den Mund und kichert, während sie den Brief beendet:

Weißt Du was? Hier ist es echt schön! Ich hab Freundinnen gefunden und fühl mich pudelwohl. Kannst Du Deine Eltern nicht mal fragen, ob Du auch nach Prinzensee darfst? Oder Du strengst dich in der Schule an und kriegst ein Stipendium, so wie Sofie. Das schaffst Du bestimmt! Du wolltest doch schon immer auf ein Internat gehen, oder? Mit Dir wär's bestimmt noch viel lustiger!
Schreib bald zurück! Und vergiss die Gummibärchen nicht!!
Hdgdl, Deine Carlotta
PS: Ich ruf Dich bald an und erzähl dir alles noch mal ausführlich, okay? Bis dann!

Carlotta faltet den Brief zusammen und schiebt ihn in den Umschlag. Es wäre wirklich cool, wenn Katie auch auf Prinzensee leben würde. Dann könnten sie zusammen mit Manu und Sofie in einem Viererzimmer wohnen. Bestimmt hätten sie viel Spaß miteinander. Und wer weiß, vielleicht könnte Katie sogar die armen Seelen der beiden Prinzen und des Bauernmädchens von ihrem Fluch erlösen? Sie ist schließlich eine Expertin in romantischen Dingen – nicht nur, was Internatsgeschichten angeht.

Bevor Carlotta den Umschlag zuklebt, steckt sie noch ein paar Fotos dazu, die sie vor ein paar Tagen gemacht hat. Die Bilder sind richtig klasse geworden. Auf einem purzeln Smilla, Meggie und Mo durcheinander, auf einem anderen sitzen zwei Gummibärchen auf einer Bank im Schlosspark. Auf dem dritten ist Jonas mit seiner Angel. Und auf dem vierten sind Manu, Sofie und sie selbst, Arm in Arm vor dem alten Gewächshaus am See. Jonas hat es gemacht.

Carlotta betrachtet das Foto versonnen, bevor sie es zu den anderen steckt. Sie klebt eine Briefmarke auf den Umschlag und kritzelt Katies Adresse dazu. Dann schnappt sie sich ihre Kamera und flitzt aus dem Zimmer. Wenn sie sich beeilt, erwischt sie den Postboten noch, der nachmittags den Briefkasten leert. Dann hat Katie den Brief vielleicht schon morgen.

„Platz da!“, ruft sie und schliddert durch den Flur. „Hier komm ich!“

„Hey, hast du sie noch alle?“, zischt Nadine, als Carlotta an ihr und Simone die Treppe hinunterstürmt und dabei drei Stufen auf einmal nimmt.

Carlotta bleibt stehen. Dann nimmt sie den letzten Treppenabsatz mit einem Riesensprung und lacht. „Na klar! Was dachtet ihr denn? Jetzt geht's doch erst richtig los!“

Frau Heselein und Herr Dr. Brönne stehen vor dem Lehrerzimmer und unterhalten sich. Carlotta wirft Katies Brief in den Briefkasten und winkt ihnen zu. Frau Heselein lächelt.

„Hallo, Carlotta“, sagt sie. „Geht's dir gut?“

„Und wie!“, nickt Carlotta. Sie weiß gar nicht, warum, aber sie ist total fröhlich. Sie könnte die ganze Welt umarmen!

„Gehst du auf Motivjagd?“ Herr Dr. Brönne zeigt auf den Fotoapparat in ihrer Hand.

Carlotta nickt.

„Dann viel Spaß“, wünscht der Direktor.

Carlotta bedankt sich und tritt hinaus in den Sonnenschein.

„Jetzt geht's erst richtig los", wiederholt sie glücklich und breitet die Arme aus. „So wahr ich Carlotta Prinz heiße!"

Hier kommt Mia!

Susanne Fülscher
Mia, Band 1: Mia legt los!

160 Seiten
ISBN
978-3-551-65051-1

Susanne Fülscher
Mia, Band 2: Mia und das Mädchen vom anderen Stern
192 Seiten
ISBN
978-3-551-65052-8

Susanne Fülscher
Mia, Band 3: Mia und der Traumprinz für Omi
208 Seiten
ISBN
978-3-551-65053-5

Susanne Fülscher
Mia, Band 4: Mia und das Liebeskuddelmuddel
208 Seiten
ISBN
978-3-551-65054-2

Susanne Fülscher
Mia, Band 5: Mia und der Großstadtdschungel
208 Seiten
ISBN
978-3-551-65055-9

Als Mias Tagebuch verschwindet, hat sie ein ordentliches Problem, denn dort lässt sie ihren Frust ab. Wenn das jemand findet … Und ob die gruselige Neue in Mias Klasse wohl wirklich eine Außerirdische ist? Außerdem braucht Mias Omi Nachhilfe in Sachen Liebe, Mias beste Freundin Jette scheint ebenfalls die Liebeskrankheit erwischt zu haben und die Sommerferien stehen vor der Tür – und die verbringt Mia mit Jette in Berlin! Chaos, Tumult und Herzklopfen sind da garantiert!

www.carlsen.de

CARLSEN